Llévame al cielo

Carla Guelfenbein

Llévame al cielo

NUBE **DE TINTA**

Llévame al cielo

Primera edición en Chile: abril de 2018
Primera edición en México: julio de 2018

D. R. © 2018, Carla Guelfenbein

D. R. © 2018, Penguin Random House Grupo Editorial, S. A.
Merced 280, piso 6, Santiago de Chile.

D. R. © 2018, derechos de edición mundiales en lengua castellana:
Penguin Random House Grupo Editorial, S. A. de C. V.
Blvd. Miguel de Cervantes Saavedra núm. 301, 1er piso,
colonia Granada, delegación Miguel Hidalgo, C. P. 11520,
Ciudad de México.

www.megustaleer.mx

D. R. © 2018 Carla Guelfenbein, por las ilustraciones

ISBN: 978-607-31-6810-6

Impreso en México – *Printed in Mexico*

El papel utilizado para la impresión de este libro ha sido fabricado a partir de madera procedente
de bosques y plantaciones gestionadas con los más altos estándares ambientales, garantizando
una explotación de los recursos sostenible con el medio ambiente y beneficiosa para las personas.

Penguin
Random House
Grupo Editorial

Para los Gogos del mundo

PRIMERA PARTE

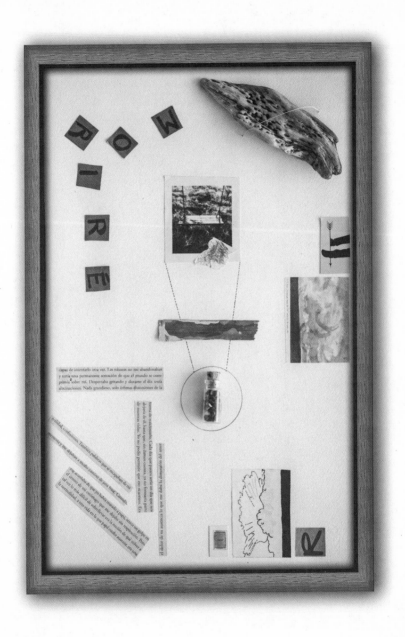

Moriré

Hace exactamente 22 días, 9 horas y 8 minutos que desapareciste. Pero yo sé que estás ahí, en algún lugar, peleando con los fantasmas que saquean tu cabeza. Y aun cuando no puedo verte, no dejaré de buscarte. No dejaré que te esfumes como esas nubes que mirábamos juntos deshacerse en el cielo. Voy a encontrarte, Gabriel. Donde sea que estés, voy a encontrarte.

Supongo que debo comenzar por el principio. Por la jaqueca de papá cuando íbamos camino al aeródromo. Era la tercera de esa semana. Debía ser muy fuerte, porque cerraba los ojos y los contraía como si algo horrible estuviera ocurriendo tras ellos. Me había pedido que no lo comentara con mamá. Era extraño que me pidiera algo así, porque entre ellos, hasta donde yo sabía, no existían secretos. Por el contrario, el amor que se prodigaban me resultaba azucarado, casi empalagoso. Papá sólo tenía ojos para ella. La miraba con una expresión de bobo, como si se tratara de Julia Roberts.

Al llegar al aeródromo, su dolor de cabeza se había agudizado. Cientos de personas esperaban en la calle que abrieran las puertas para presenciar el show de esa tarde, en especial el de papá, el Gran Agostini. En el hangar nos encontramos con sus compañeros. Nos saludaron como siempre, levantando la mano y golpeándola contra la nuestra en el aire. En un momento, papá me llamó a un lado. Me dijo que tal vez no era buena idea que hiciera esas piruetas en el aire —que requerían el máximo de su habilidad y concentración— con ese dolor de cabeza.

—¿Qué crees? —me preguntó, mirándome a los ojos.

—Papá, ellos vinieron a verte. No puedes defraudarlos. Seguro que arriba se te quita —le respondí.

Pensé en todos esos chicos guapos que estarían mirándome caminar junto a papá por la pista. Necesitaba mi dosis de reafirmación del ego del mes y no iba a renunciar a ella tan fácilmente. Así funcionamos las ratas del mundo.

—Tienes razón, Emi, seguro se me quita. ¡Vamos! —dijo con una sonrisa, y ambos nos encaminamos hacia la pista.

La exhibición de ese domingo tenía la particularidad de que todos volarían aviones construidos en los años treinta y cuarenta. Papá lo haría en su Bücker Jungmann. Que los pilotos caminaran hacia sus aviones de cabina abierta, con sus casacas de cuero y gafas de piloto, le otorgaba al evento un halo romántico. Como siempre, papá sería el último, el broche de oro que cerraría la velada.

Cuando llegó el momento, caminé tomada de su mano hasta el biplano. El sol comenzaba a ponerse y la cordillera de la costa se coloreó de tonos amarillos y magentas, como en las postales. Era la hora precisa para que el Gran Agostini dibujara el cielo. Papá me dio un beso en la frente y se dirigió a su puesto de mando. Sujeté por la punta el aspa de la hélice frontal, y le di el empujón que la hizo andar. El Bücker se elevó. Tras las vallas, se oyeron los aplausos cuando despegó. Papá alzó una de sus manos enguantadas y saludó a la muchedumbre. Su avión subió a gran altura, hasta volverse apenas un punto, y luego se precipitó, dejando a su paso nítidas espirales. Por instantes, daba la impresión de que su avión se había convertido en una hoja que, movida por la brisa, caía lentamente. Los vuelos de papá tenían tal soltura y gracia, que pronto uno olvidaba que era un avión el que trazaba esas formas. Yo soñaba con poder volar como él algún día. Contaba los tirabuzones de papá, «uno, dos, tres, cuatro», luego sus emprendidas que surcaban las nubes, para desaparecer en ellas y volver a asomarse formando nuevos bucles y arabescos contra el fondo azul, mientras a mis espaldas oía los vítores, los gritos de exclamación y los aplausos. Ese día papá desplegó todas las piruetas que su viejo Bücker le permitía, mientras el sol descendía haciendo que todo a su alrededor brillara, como si la luz surgiera de su pequeño avión.

Fue en uno de los tirabuzones. Debía recuperar la horizontal, trazándolo en sentido inverso. Era una maniobra que había realizado cientos de veces, miles de veces, millones de veces, infinitas veces. Pero algo ocurrió y papá no logró enderezarse. Lo vi caer, caer, caer, al tiempo que escuchaba un largo «ohhhhh» que surgía de los espectadores a mis espaldas. Hasta que su viaje de descenso terminó. Fue un ruido seco, definitivo. Desde la distancia vi el avión con su cola alzada y sus alas apuntando una hacia el sur y la otra hacia el norte. Por eso, cuando todos corrieron hacia el lugar del accidente, yo estaba segura de que vería a papá salir con su casco de aviador entre las manos —levantando el puño al modo de los vencedores— y correría a encontrarse conmigo. Pero los minutos pasaron, y la gente siguió gritando, moviéndose de un lado a otro, como en un hormiguero que ha sido embestido por un mazo de fuego. Oí el ulular de una sirena. Me acerqué y vi cómo sacaban su cuerpo, lo subían a una camilla y lo cubrían con una manta. Corrí. Corrí en la dirección opuesta a ese tumulto que ahora emitía sonidos agudos y dolientes. Corrí en medio de los gritos de los guardias, de la violenta explosión que se oyó al cabo de unos minutos. El humo lo cubrió todo con su olor a fierros quemados.

Atravesé las pistas y las vallas hasta llegar al hangar más lejano, el que ya nadie ocupa porque su techo se vino medio abajo en el último terremoto, y me hice un ovillo en un rincón. Allí sus voces no me alcanzaban; tampoco la imagen del cuerpo de papá, su boca abierta, el brazo que colgaba de la camilla sanguinolento, y su mano, su mano que ya no estaba ahí, que había desaparecido. Me cubrí la boca. Sabía que si dejaba salir el grito que me aprisionaba la garganta ya no podría detenerlo. Quería volver atrás, atrás, atrás… No podía sacarme de la cabeza la mirada de papá cuando le dije que su dolor pasaría, que todo estaría bien. Una mirada que contenía el deseo de que yo lo detuviera, y que yo no acepté. ¿Por qué me hizo esa pregunta? ¿Por qué me hizo responsable de su muerte?

La noche se desplomó sobre el hangar y todo se volvió oscuridad. Mi cuerpo temblaba. El dolor y el frío hicieron su madriguera en ese rincón de donde no quería salir más, hasta morirme como papá. No dormía, pero todo estaba lejos, muy lejos. Sabía que en algún momento la opresión entre mis costillas se haría tan intensa que no podría respirar.

A lo lejos escuché voces y entre ellas la del tío Nicolás que me llamaba: «¡Emi, Emi, Emi!». Venía a salvarme. Me tomaría de la mano y me diría que todo estaba bien. Subiríamos a su camioneta y me llevaría a casa. Papá, Tommy y mamá estarían esperándome. Todos reiríamos con las bromas de papá, Tommy hablaría de los insectos que había encontrado esa tarde en el jardín, mientras mamá lo haría callar para que le contáramos de la magnífica tarde que habíamos tenido, de los vítores de admiración que las piruetas del Gran Agostini habían desatado. También hablaríamos de nuestro viaje, el fabuloso viaje de Amelia Earhart, que poco a poco, de tanto imaginarlo, se había hecho realidad en nuestras mentes. Sí. Todo eso ocurriría cuando yo lograra levantarme del rincón en el fondo del hangar. Intenté articular una palabra, gritar, pero ningún sonido salió de mi boca. Tenía que lograrlo, tenía que llamar la atención de esas voces que ahora se hacían más lejanas, que desaparecían en el silencio de la noche.

El tío Nicolás me halló en la madrugada. Cuando todos cejaron, él continuó buscando en cada escondrijo del aeródromo, hasta que lo vi aparecer en la puerta del hangar y correr hacia mí.

* * *

Después vinieron los meses de oscuridad.

A mamá la llenaron de fármacos. Se paseaba por la casa como un fantasma. Tommy resistió, no sé cómo. Y yo sólo pensaba en morir. Morir para que la culpa me soltara del cuello.

quería morir

morir

morir

morir

rabia

dolor

culpa

sobre todo culpa

no podía respirar

ni vivir

ganas de morir otra vez

culpa

llorar

quería huir

volar

pero el cielo era otro

amenazante
negro
quería salir del negro
pero no podía
mamá
Tommy
no eran suficientes
dolor
no pasaba
no pasaba
culpa
dolía mucho
entonces lo intenté
intenté morir

Y por unos segundos, cuando las pastillas comenzaron a circular por mi sangre, sentí paz. Una paz que entraba en mí como un viento suave.

Estoy sentada junto a mi maleta en la recepción de Las Flores aguardando al tío Nicolás. Han transcurrido tres meses desde que intenté desaparecer. Tres meses encerrada en esta casa que me cambió la vida. Tengo miedo de perder la seguridad que me dieron estas paredes. Miedo de ser una extraña para mi hermano Tommy, para mamá. Miedo de no volver nunca a sentir el abrazo de Gabriel, sus labios en los míos, la certeza de nuestro amor. Tengo miedo del miedo que siento.

Apenas me ve, el tío Nicolás corre hacia mí y me estrecha con sus brazotes de oso, como solía hacerlo papá. Él y papá eran compañeros de acrobacias. Las hacían para ganar dinero, no para ser famosos, eso decía papá.

—Has crecido desde la última vez que te vi —me dice el tío Nicolás al soltarme. Tiene los ojos empañados y simula toser para pasarse por ellos la manga de la chaqueta.

Cuando me trajo a Las Flores, no paré de gritarle durante todo el camino. Estaba convencida de que mamá, él y el siquiatra se habían confabulado para encerrarme en una casa de locos. El tío Nicolás me explicaba, una y otra vez, que no se trataba de una casa de locos, sino de un lugar donde los chicos a quienes la vida había puesto una prueba difícil, podían refugiarse hasta que la crisis pasara. ¿Crisis? Lo mío no era una crisis. Yo quería morirme y punto.

21

En ese entonces, no sabía que en Las Flores estarían Gabriel, Gogo, Clara, Domi. Que nos encontraríamos en esos jardines dejados de la mano de Dios.

Tampoco sabía que los perdería.

—Te traje esto —dice el tío Nicolás, y me entrega mi Nikon D5300.

Lo vuelvo a abrazar. Le pido que me mire para tomarle una foto. A través del lente distingo su expresión de zozobra. Sé que teme por lo que será de mí en el mundo de afuera.

—Gírate —le indico—. Quiero que mires hacia el cielo.

Y él abre los brazos.

El tío Nicolás es el hermano de mamá y nunca se ha casado. Papá solía decir que a su cuñado le gustaban demasiado las mujeres para comprometerse con una, lo que irremediablemente hacía que mamá los mirara a ambos con una expresión irónica, como a dos estúpidos.

Avanzamos por las calles de Santiago. Pero para mí es otra ciudad, otro país, otro planeta. Todo está muy lejos. Nunca debí salir de Las Flores.

¡Ah, qué idiota soy, qué increíblemente estúpida! Mi estúpida maleta, mi estúpida cara de niña, mi estúpida mirada vacía que se asoma por la ventanilla de la camioneta a mirar las estúpidas luces de la estúpida Navidad. Mi estúpida voz cuando la levanto para pedirle al tío Nicolás que se detenga a un costado de la calle. El estúpido vómito que sale de mi boca.

Cuando regreso a la camioneta, el tío Nicolás pasa su mano por mi pelo y me mira sin saber qué decirme.

—Es el desayuno, a veces les da por ponerle sapos al té con leche —le digo. Él sonríe.

Me habla con voz suave, pero yo no lo escucho porque mis oídos zumban. Todo se aleja, todo se vuelve líquido, nada aquí afuera tiene la solidez de las cuatro paredes de Las Flores ni de los jardines desangelados de Las Flores ni de la comida asquerosa de Las Flores. Hasta el tipo o la tipa más imbécil es capaz de vivir en este mundo sin forma. Pero yo no. Yo no puedo.

Estoy hablando como lo hacía antes de entrar a la clínica. Los mismos sentimientos que vacían todo de contenido. Pero eso no voy a decírselo al tío Nicolás, porque se sentiría defraudado, y no quiero seguir defraudando a las personas que me quieren.

Mamá nos aguarda en casa. Las ojeras la hacen ver como un mapache. Sé que me echó de menos. Como yo a ella. Pero no tanto como echo de menos a papá. Lo primero que golpea mis sentidos cuando entramos son los olores. Los banales olores de una (ex) hermosa familia de clase media: los inciensos de mamá, rezagos de la cena de la noche anterior, el cloro del baño… Todo se agolpa en mi nariz y se va directo, sin paradero, a despertar mi memoria. Algo así como «el efecto magdalena» de Proust (que por cierto, no es una mujer sino un bizcocho), que es todo lo que sé de él y de su obra.

Mamá me abraza y yo la abrazo. Su contacto cálido y familiar me reconforta. Al fin y al cabo es mi mamá. Así permanecemos un rato, ella acariciando mi cabeza y yo con el rostro oculto en su pecho, como cuando era niña. Tal vez una parte de mí sigue siéndolo. Tal vez una parte nuestra nunca se hace grande.

En mi cuarto nada ha cambiado. Está todo intacto. *Mi* gnomo sobre la cama, *mis* libros, *mi* móvil de aviones que tiembla con la corriente de aire en el techo azul. Mi, mi, mi. Supongo que debería sentirme feliz de estar de vuelta entre lo que se supone es *mi* vida. Pero no siento nada. Lo único que me importa ahora es saber dónde está Gabriel. Dónde lo tienen sus padres. Ellos están convencidos de que yo soy la responsable de su última crisis. Cuando se lo llevaron contra su voluntad de Las Flores, no tuvo siquiera tiempo de despedirse, de recoger sus cosas. Lo sacaron como en una de esas operaciones comando que se ven en las películas. Nadie lo vio salir.

Pongo a cargar el celular. El que me quitaron el día que entré a la clínica y me entregaron esta mañana cuando salí. Apenas se enciende, llamo a Gabriel. La voz de una señorita me dice que el número al cual estoy llamando no se encuentra disponible, que intente más tarde. También le envío un mail a la dirección que él me dio, pero el mail rebota al instante. Lo busco en FB. Escribo:

Gabriel Dinsen

Lo más cercano que encuentro es a un tal Gabriel Dinseni que trabaja en la policía de Bombay. Sé que podría poner un aviso en FB y que se haría viral en cinco minutos. Pero ¿qué puedo decir? ¿Que busco a un chico que conocí en una clínica para perturbados, a la que yo misma fui a caer cuando perdí la cabeza e intenté suicidarme? ¿Qué sé de Gabriel, además de su nombre, que nunca fue al colegio, que es un genio de las matemáticas y el chico más guapo del mundo?

Lo que sí encuentro por miles son esos mensajes de seudosabiduría que constituyen el material base de FB.

Aquél k no a fracasado es que no lo a intentado nunca

La vida no es un problema para ser resuelto,
es un misterio para ser bibido

La vida es bella cuando la bives junto a ella

Alguien debería exterminarlos, hacerlos desaparecer del planeta, torturarlos hasta que juren no escribir una sola palabra más en su vida.

Gabriel no tiene mi número de celular. Cómo pude ser tan estúpida de no dárselo nunca. Aunque si lo pienso bien, lo más probable es que sus padres le hayan quitado el suyo, además de la computadora. Ellos no tienen ni la más puta idea de lo que él siente. Sólo yo sé que mientras no volvamos a estar juntos, se pondrá peor y peor.

Las primeras semanas en Las Flores apenas tenía fuerzas para salir de la pieza que compartía con una chica de mi edad, Clara. Una hélice en movimiento había entrado en mi cabeza, en mi corazón, cercenándolo todo. Estaba cansada de sentirme así. Añoraba que alguien me ayudara, que detuviera el dolor y la culpa. Pero no ésas que entraban diez, veinte, cien veces al cuarto, como hienas tras su presa. «Mi niña», me decían. Yo no era la niña de nadie y cuando oía sus voces impostadas, como si yo fuera una pendeja de un año o una deficiente mental, les gritaba. Puta. Puta. Y las palabras sonaban sucias en mi boca y sabían amargas, un sabor que afirmaba mi convicción de que nadie podría ayudarme. Cada cierto rato me obligaban a salir del cuarto. Caminaba por el pasillo blanco, de luces blancas, donde a veces se escuchaban lamentos y gritos negros. No quería estar ahí, en medio de esa ruina tan grande como la mía. Debieron darme algo muy fuerte porque al cabo de unos días no sentía nada. Pasaba horas sentada frente al televisor. Adormecida.

Uno de mis deberes era alimentarme en el comedor con las demás chicas. Algunas eran flacas, otras gordas, altas, bajas, algunas vestían bien, otras iban sucias y desgreñadas, o tenían cicatrices en las muñecas, algunas eran duras, curtidas, y otras frágiles, pero al final éramos todas iguales. Quebradas, desesperadas.

También tenía que ir todos los días a las terapias con el doctor Canales. Pero yo no estaba ahí. No estaba en ningún sitio. Sólo en mi cabeza. Ni las auxiliares ni el doctor Canales, que me miraba con sus ojos de búho aguardando que yo le hablara, lograban sacarme de ella.

Para escapar, cuando llegaba a mi cuarto, miraba el cielo a través de un orificio de la ventana enrejada donde, de tanto en tanto, aparecía una nube. Papá me había enseñado a distinguirlas. Cuando cumplí once años, me regaló el *International Atlas of Clouds,* un libro de 1930 donde están todas las nubes de la Tierra. A veces, mirando las nubes, a sabiendas de que en realidad no son más que agua evaporada, tenía la impresión de ver el infinito.

Al cabo de un par de semanas comencé a pasearme de un lado a otro del pasillo y a fumar en La Sala del Humo, que tenía olor a alquitrán requemado y donde podías fumar hasta reventarte. Por la tarde me sumaba a La Fila de las Ilusiones donde, en vasitos de plástico, las auxiliares-hienas nos repartían los medicamentos. Algunas chicas temblaban y cuando les llegaba su turno, se echaban las pastillas a la boca con desesperación, todo lo deprisa que podían. Las auxiliares se quedaban vigilantes frente a nosotras hasta que las tragábamos, por si alguna las escondía bajo la lengua y después las escupía. El pasillo era la espina dorsal de nuestro piso. En el centro estaba la sala de la televisión, donde se pasaban la mayor parte del día las Catatónicas. Les decían así porque nunca hablaban, apenas existían, a excepción de las ocasiones en que a una de ellas la asaltaba un ataque de llanto y pataleaba hasta que una hiena llegaba a ponerle una inyección. Caían en esa apatía por los medicamentos. Cualesquiera de nosotras podía llegar a ese estado. Por eso las despreciábamos y les temíamos a la vez.

Una de las actividades favoritas de Domi —la más antigua, la más guapa y la más desenfadada de todas nosotras— era hacer tonterías frente a las dos únicas cámaras del piso, ubicadas en cada extremo del pasillo. Cosas absurdas, como rascarse el trasero o hacer gestos obscenos, lo que fuera que enervara a la auxiliar de turno en la consola. Lo más difícil era hacer que Gaby, la enfermera jefa, perdiera la paciencia. Gaby era una mujer compacta, ancha y alta, con una mata de pelo liso sin brillo. Sus dimensiones daban cuenta de su firmeza de carácter y de su autoridad, que podían resultar amenazadoras o tranquilizantes. A Gaby le gustaba conversar con Clara, mi compañera de cuarto. Clara padecía una enfermedad llamada bipolaridad, que de tanto en tanto la traía a Las Flores, cuando entraba en esos estados extremos de euforia o depresión. Mientras estaba internada, Clara realizaba sus estudios de «tipologías humanas», como ella los llamaba. Era menuda y vestía con ropa de segunda mano: una jardinera gigante con girasoles bordados en la pechera, un overol de despachador de gasolina, un vestido con botones que debió usar su abuelita. Llevaba un reloj barato, de plástico, y debajo del reloj tenía cicatrices. Muchas. En ella todo sonaba convincente. Quería estudiar sicología. Conocía, por una razón u otra, la historia de la mayoría de los chicos y chicas que habíamos ido a parar ahí. Apenas dormía. Cuando una de las hienas descorría por la noche nuestra puerta plegable en su inspección de rutina, Clara apagaba la luz. Sus manos siempre temblaban, tal vez por los medicamentos. Yo la oía entre sueños y añoraba volver pronto a casa, aun cuando sabía que mamá pasaría el día en su bata de levantarse, con el pelo desmelenado, ordenando las cosas de papá y hablando con él como si estuviera vivo.

En esa rutina, tan sólo quebrada por algún súbito ataque de angustia de una de nosotras, poco a poco la negrura se volvió menos intensa y comencé a sentir que estaba viva nuevamente. Pero lo que más me reconfortaba era la noción de no ser la única chica en todo el planeta que había intentado quitarse la vida.

Llevo más de dos horas encerrada en mi cuarto, la cabeza bajo la almohada, llorando. Mis ridículos avioncitos cuelgan del techo. Hace un rato mamá tocó mi puerta, pero yo no le abrí. Tengo que hacer algo para no sentir lo que siento. Me reincorporo. En el baño me lavo la cara con agua fría. Me seco frotándome con la toalla, fuertemente. Desempaco. Hago una pila de ropa para la lavadora y aparto el vestido que me regaló Gabriel. Su azul agua, a la luz plena del día, se ve aún más lindo. En un impulso me desvisto y me lo pongo. Todavía guarda los olores de esa noche. La noche fatal. Humo, sudor, Gabriel.

Tengo una idea. Puedo llamar a todas las clínicas donde reciben chicos como nosotros y preguntar por Gabriel. Sí, sí. Me siento frente a mi compu y busco en la web. Se denominan «clínicas para jóvenes con problemas de conducta». Me suena a eufemismo, pero en fin. Encuentro al menos ocho en Santiago. Todas recalcan la «confidencialidad», como si se tratara de hoteles de paso. Los infieles y los chicos con problemas sicológicos somos parte del mismo paquete.

Llamo a la primera: Comunidad San Benito. Responde una señorita. Pregunto por Gabriel, pronuncio su nombre muy despacio. No alcanzo a terminar, cuando ella ya me está diciendo que no puede darme información de los pacientes.

Yo le digo que no quiero información, sólo saber si él está ahí. Me responde que ésa *es* una información. «Pero, señorita», balbuceo. Debo oírme como trastornada, porque me pregunta si estoy bien. «No, no estoy bien. Necesito saber dónde está Gabriel Dinsen, y usted no me está ayudando», le respondo. «Si lo han internado en alguna clínica, no me cabe duda de que debe estar bien cuidado», señala ella con más clemencia. «Él me necesita», murmuro, sabiendo que todo lo que digo debe parecer desesperado. La señorita me cuelga. Reconozco mi derrota. La imagino apurada por terminar de limarse las uñas. ¿Y si yo estuviera pensando en quitarme la vida, como lo intenté aquella vez? Es evidente que la señorita no se habría dado cuenta. Porque los adultos no se dan cuenta de nada.

Las otras llamadas transcurren de forma similar. Estoy a punto de meterme de vuelta en mi cama con la cabeza bajo la almohada, cuando escucho la voz de Tommy en la escalera.

—¡¡¡Emiiiiiii!!!

—¡Aquí estoy! —grito, y salgo arrastrándome de mi cuarto.

Nos encontramos a mitad de camino. Como siempre, trae el uniforme de colegio impecable. Aun así, se cuelga de mi cuello como el niño chico que es.

—¿Y eso? —pregunta, mirándome de arriba abajo. Había olvidado que llevo puesto el vestido de Gabriel.

—¿Te gusta?

—Igualita a la princesa Talbot en El reino de los pasteles de merengue.

—¿Y quién es ésa?

—No sé. La acabo de inventar. Pero es linda en todo caso.

Me toma de la mano y me lleva al primer piso.

—¿Viste el arbolito de Navidad? —me pregunta.

—No, no lo he visto.

—Ya hay un par de regalos. Obvio que no tienen nombre. Típico de mamá —dice Tommy.

Yo quisiera decirle que era papá quien se resistía a poner nombres en los regalos hasta el último día, para que no nos pusiéramos a hurgarlos.

Las luces del árbol de Navidad se prenden y apagan. Todas las navidades mamá lo saca de las honduras del garaje y lo decora con sus mismos viejos adornos y ángeles desteñidos, sus mismos bastones y ratoncitos, sus mismas luces y estrellas que hace rato dejaron de brillar. Patético. Seguro que todos tienen algo patético en su vida. Pero prefieren no verlo. Y con razón. ¿Para qué amargarse por algo que puedes ignorar? Es evidente que ésa es la forma que tienen las personas cuerdas de subsistir. Y es evidente también que yo no sé cómo hacerlo.

Los sábados por la noche, papá, mamá, Tommy y yo solíamos echarnos en el único sofá de esta misma sala, frente a la tele. Era el momento para ponernos al día: una buena calificación de Tommy, una pirueta de papá en su avión, un descubrimiento de mamá con las temperaturas de su horno de cerámica. También era el momento en que papá y mamá me preguntaban si por fin había hecho alguna amiga, y yo me tapaba los oídos para no tener que escuchar sus repetidos y añejos consejos que me convertirían en la chicamáspopulardelcolegio, como lo había sido mamá. No podía decirles que no se trataba de eso. Que no se trataba de mí. Se trataba de ellos. Mis compañeros nunca entenderían que todo lo que consideraban esencial en sus vidas, me daba lo mismo y que lo único que me interesaba en el mundo era volar.

—Oye, Emi, no me estás escuchando —oigo la voz de Tommy—. Qué bueno que volvió la princesa de Talbot —señala.

—¿Quieres decirme que te alegras de que esté aquí?

—Bueno, sí, eso.

Tommy también pertenece a nuestro grupo. No podría decir a qué grupo me refiero exactamente. Tal vez constituimos el grupo de chicos a quienes les falta una tuerca. Algo que a primera vista podría parecer una desventaja, pero que a la larga nos hace ser quienes somos. Fue Gabriel quien me enseñó eso.

La primera vez que Gabriel
me habló

La primera vez que bajé al jardín iba con Gaby, una auxiliar más joven, Clara, Domi y dos chicas que parecían mellizas y que no le quitaban los ojos de encima a Domi, como si se tratara de Britney Spears o Emma Watson. Una de ellas, a pesar de sus esfuerzos por emular el aire desafiante de Domi, tenía la mirada reconcentrada de quien padece un dolor crónico. Ya en el almuerzo las había oído hablar de Gabriel. Lo llamaban «el galán» y cuando lo nombraban, las «mellizas» no podían evitar soltar unas risitas histéricas que Domi, desde su fulgurante altura pasarelesca, escuchaba con desprecio.

Domi era la que llevaba más tiempo en Las Flores, nueve meses. Tenía una belleza provocadora, como una modelo, pero después de haber pasado una temporada en el infierno. Daba la impresión de que sus ojos habían visto cosas que no debían. Llevaba siempre una falda corta de cuero negro y medias de red que dejaban al descubierto sus piernas bien torneadas. Pintaba sus uñas de algún color oscuro, sobre el cual dibujaba mariposas de colores. Su expresión era intensa y cruel, y resultaba difícil mirarla a los ojos sin sentir inquietud y a la vez entusiasmo. Era como si en ellos estuvieran encapsulados al mismo tiempo la pasión y los riesgos que depara la vida. Clara me había contado que su madre había muerto y que su padre prefería tenerla encerrada porque ya no sabía cómo lidiar con ella. Domi era drogadicta y todos sus amigos afuera eran adictos a alguna cosa, desde el crack y la metanfetamina hasta la coca, pasando por los diuréticos y los laxantes.

Para ganarte el derecho a bajar al jardín, necesitabas haber pasado en Las Flores al menos un par de semanas y mostrar buen comportamiento. Esto significaba tomarte las pastillas sin reclamar, no agredir a tus compañeras, no ocultarte entre los sillones y los muros sollozando, no tener ataques de histeria que obligaran a llevarte al Cuarto de Reclusión, no masturbarte en público y no gritarle a las enfermeras ni auxiliares.

Gaby sacó una llave del manojo que tenía colgado a la cintura, abrió la primera puerta, pasamos y luego la cerró. Hizo lo mismo con la segunda. Bajamos por las escaleras enrejadas corriendo. Cuando llegamos al primer piso, nos internamos en un pasillo flanqueado por puertas cerradas. Había un fuerte olor a excremento. No se oían voces, tan sólo un grave zumbido.

—Al otro lado está el ala de seguridad —informó la auxiliar al notar mi expresión de repugnancia. Sentí náuseas.

—¿De qué está hablando? —le pregunté a Clara al oído.

—Alguien debió llenar de mierda las paredes.

—¡Qué! —exclamé incrédula.

—Es un intento desesperado de sacar el yo enfermo de uno mismo —comentó con un aire doctoral.

No supe si esa teoría provenía de su propia cosecha o era un comportamiento definido así por la siquiatría. Al fondo del pasillo, la auxiliar empujó una puerta verde y salimos al jardín. Aire. No más paredes ni pasillos ni olor a mierda ni Catatónicas, aire. Respiré hondo una y otra vez, todo lo profundo que podía. Miré hacia el cielo. Necesitaba los árboles, las Sirrostratus y las Stratocumulus sobre mi cabeza.

También Gaby y la auxiliar parecían tener su propia metamorfosis, porque nada más sentarse en una banca, comenzaron a parlotear entre ellas, sin alejar, eso sí, los ojos de nosotras, que permanecimos pegadas a Domi como corderos. Era una cálida tarde de comienzos de septiembre, y reconfortaba sentir al fin la tibieza del sol. Clara, sin embargo, no notaba la diferencia. Ella siempre tenía frío. Llevaba varios suéteres y al menos dos chaquetas, lo que la hacía poseedora de una apariencia que fluctuaba entre oso panda y mendiga.

Pequeños grupos de adolescentes como el nuestro poblaban el jardín. Nadie llevaba cordones en los zapatos ni cinturones, y no era raro ver a un chico sujetándose los pantalones con una mano, o tropezándose con sus zapatos. Algunos iban por los senderos acompañados de sus chaperones en silencio, otros jugaban a la pelota sobre el césped estropeado. También los había que, solitarios y encorvados, miraban hacia un punto en lontananza, detenidos en medio de alguno de los caminos, como perdidos.

—¡Ahí está! —oí que exclamaba una de las «mellizas».

A unos metros, Gabriel removía la tierra con una pala. A su lado, un chico sentado en una raída silla de playa fumaba un cigarrillo y leía un libro. Gabriel iba con el torso desnudo y un pantalón de piyama. Su cabello castaño caía sobre su frente, ocultando su rostro. Levantaba los brazos y luego dejaba caer la pala con fuerza contra los amasijos de tierra. En cada movimiento, los músculos de sus antebrazos se abultaban. El piyama, sujeto en las caderas, dejaba entrever la musculatura de su estómago y los dos estilizados surcos a ambos costados. En una de sus caderas alcancé a ver un pequeño tatuaje azul con la fórmula de Einstein: $E=mc^2$.

Me era difícil seguir mirándolo y no sentirme atraída por él. Pero a la vez, su perfección me hacía tomar conciencia de mi aspecto miserable. Había perdido tanto peso desde la muerte de papá, que la ropa me colgaba, tenía ojeras que no me preocupaba disimular y llevaba el pelo sucio atado en una cola de caballo, dejando al descubierto mis orejas que, según decía Tommy para consolarme, a pesar de su tamaño desproporcionado tenían la gracia de ser redondas.

¿Cómo podría haber imaginado que en ese basural donde me habían arrojado encontraría a un chico así?

Domi tomó del brazo a las dos chicas de su séquito y con gestos propios de una pasarelesca echó a andar hacia ellos. Clara y yo las seguimos unos pasos más atrás.

—¿Qué onda? —preguntó Domi dirigiendo su mirada hacia Gabriel.

Él continuó su labor. Parecía no habernos visto ni oído. El otro chico se levantó de un salto y se acercó a nosotras con alegría. Parecía darnos la bienvenida a su mansión. Tenía los pómulos altos y unos dientes diminutos y blancos, como los de un bebé. Había algo levemente maltrecho en su rostro y en su cuerpo. Era bajo y delgado y se movía con pasos muy cortos, con una gracia que hacía pensar en un joven ciervo que aún no aprende bien a caminar. Bajo su fleco, distinguí una gruesa cicatriz que cruzaba su frente. Parecía que alguien lo hubiese marcado a cuchillo.

—Hola, Hugo —lo saludó Domi—. ¿Pretenden revivir la huerta? Misión imposible. He visto a muchos intentarlo —le hablaba a Hugo con una sonrisita cínica, pero sin despegar sus ojos de Gabriel.

—Pero nosotros lo lograremos —replicó Hugo—. ¿Verdad, Gabriel? —le preguntó, y aplastó su cigarrillo contra la tierra—. *You never know who you are inspiring* —agregó en un inglés deficiente, pero que en él sonaba como si lo estuviera diciendo así a propósito.

—¿Otra de tus frases memorables? —preguntó Domi, con uno de sus gestos de echarse el pelo hacia un costado, enrollarlo y luego desenrollarlo.

¿Quién podía entender tanto movimiento inútil?

De pronto, Gabriel levantó el rostro y vi sus ojos grisáceos por primera vez. Percibí su mirada intensa y a la vez interrogante sobre mí. Las comisuras de sus labios eran profundas, como las de un hombre mayor, y le daban a sus facciones, recias y a la vez finas, una expresión triste. Proyectaba una imagen de dominio e indiferencia. Cuando nuestros ojos se cruzaron, sentí por primera vez en mi vida esa debilidad en las rodillas y esa opresión en el pecho de las cuales había leído en las novelas románticas.

—Ok, si están tan seguros, le voy a pedir a mi papá que les traiga semillas atómicas, de ésas que crecen en cualquier parte, hasta en Las Flores —dijo Domi—. Él viene todos los días —agregó.

No era verdad. Al menos en las tres semanas que yo había estado en Las Flores, Domi no había recibido visitas. Pero todos sabíamos que eso no tenía importancia. Lo real era lo que nosotros hacíamos real. ¿Quién podía decir que no lo fuera? Ahí dentro la línea entre lo imaginado y lo vivido desaparecía, y aunque el encierro tuviera un alto costo, la nuestra era al fin y al cabo una forma de libertad. Podías inventar tu vida.

—¿Semillas atómicas? —preguntó una de las chicas de la corte, abriendo los ojos como si estuviera frente a una aparición de la Virgen María.

—Es un decir… —replicó Domi contrariada.

Clara, desde su tímida distancia, miraba a Gabriel expectante, las mellizas movían las caderas como sirenas y Domi aguardaba a que Gabriel le agradeciera su ofrecimiento. Era evidente que todos estábamos atentos a cada uno de sus gestos y miradas, y nos disputábamos el honor de recibir su atención.

En un momento, Gabriel apoyó la pala en el suelo y volvió a mirarme. Sus ojos poseían una extraña suspicacia que los volvía aún más inquietantes.

—Tú eres la hija de Julián Agostini, el aviador, ¿verdad? —me preguntó.

Sentí un dolor físico, como el de un golpe. ¿Cómo podía saber? ¿Cómo? Yo no había hablado de papá. Mi vida era mía y mientras estuviera resguardada en mi interior nadie podría tocarla. Por eso callaba en mis terapias. Por eso callaba siempre. Intenté abrir la boca, decir algo, pero no pude, mi corazón latía acelerado. Me sentí aturdida, asustada e insignificante. Mi agitación debió ser evidente, porque Gabriel dijo:

—Disculpa, lo siento. Es que te vi en el diario. Lo siento —estaba tan perturbado como yo. Avanzó un paso y tropezó con una piedra sobre la cual había una libreta de tapas negras. Recogió la libreta y enterró los ojos en el suelo.

Mi foto había aparecido en los periódicos después de la muerte de papá. Se suponía que a mis diecisiete años yo era su heredera. La depositaria del mito Agostini. El impacto de su accidente en la prensa y redes sociales, más la presión que éstas ejercieron sobre mí, habían contribuido —según el siquiatra— a mi desequilibrio. Era probable que tuviera razón, pero él no sabía lo esencial. Nadie sabía que yo era la responsable de su muerte. Eso nadie lo sabía. Nadie.

—Está bien, está todo bien —dijo Hugo, y puso la mano en el hombro de Gabriel.

Yo corrí hacia el lugar donde Gaby y la auxiliar continuaban parloteando. No quería que nadie me viera llorar.

De vuelta en nuestro piso me oculté bajo las sábanas de mi cama. La luz de la tarde me hería. Todo me hería. Me dio rabia pensar que estaba lejos de curarme. Esa noche agradecí la doble ración de somníferos que me dieron en La Fila de las Ilusiones. Necesitaba borrar mi conciencia, olvidar. Después de la muerte de papá, dejé de dormir para no tener que soñar. En los sueños su avión volvía a caer una y otra vez.

Cuando cumplí trece años, papá me enseñó a pilotar su Pitts Special. Nuestro gran anhelo era hacer juntos la ruta de Amelia Earhart, la aviadora estadounidense que en 1937 desapareció en el océano Pacífico. Soñábamos con llegar hasta Howland, la isla donde ella debía cargar combustible para seguir su viaje alrededor del mundo. La isla que nunca alcanzó. Queríamos aterrizar ahí y nombrarnos depositarios del espíritu de la gran Amelia Earhart. Terminaríamos el viaje siguiendo la línea ecuatorial, tal cual ella lo había planificado. Pero papá se había ido antes. Y yo tenía pesadillas. Por eso no podía permitirme dormir. Fue Clara quien me reveló que con Las Pastillas del Sueño Feliz no soñabas. Entonces comencé a aguardar con ansias esas siete horas en que el dolor desaparecía.

De regreso en casa tampoco puedo dormir. Cuánto daría por una Pastilla del Sueño Feliz.

Bajo las sábanas imagino que soy otra cosa, no importa qué, con tal de no sentir lo que siento.

balde

piedra

hélice

humo

Gabriel

hoja

mano

sangre

culpa

lápiz

mamá

cátsup

culpa

nube

sola

ventana

sola

sola

sola

Salgo al pasillo, entro en el cuarto de Tommy, me meto en su cama y me acurruco a su lado.

Después del accidente de papá, solíamos dormir juntos. Muchas veces ambos llegábamos hasta la cama de mamá. Pero ella había enflaquecido tanto, que era como abrazar un palo.

Mamá dice que Tommy aún huele a bebé. Yo también puedo olerlo. Sobre todo al dormir. Es un olor un poco ácido y un poco dulce. Está calientito. Me hace pensar en tardes soleadas, en papá, en todo lo que perdimos.

Pero sobre todo, pienso en Gabriel. Es extraño desear algo que te reconforta y a la vez te hiere.

—¿Otra vez tú? —me dice Tommy entre sueños.

—Oye, oye, descubrí un nuevo sinónimo de alpargata —le digo remeciéndolo.

No quiero que se vuelva a dormir.

Le estuvimos dando vueltas a esa palabra tan fea durante la cena. Puede sonar un poco raro, pero éstos son los pasatiempos que nos enseñó papá. Además de volar (y todo lo relacionado con los cielos), lo que más le gustaba a papá eran las palabras. Las feas y las lindas, las flacas y las rellenas, las sonoras y las sordas, como les llamaba él a ésas que a nadie le gusta escuchar, como inflación, crisis, terrorismo... A veces resultaba un poco Demasiado Entusiasta. ¿A quién le puede gustar la palabra «rabo verde»? Pues a él. Cada vez que la pronunciaba se echaba a reír, parecía contener algo que nosotros éramos incapaces de ver. Nunca le pregunté. Ése es uno de los problemas cuando tu papá se muere y tú tienes diecisiete años. A esta edad no les haces preguntas a tus padres. Mal que mal, se supone que uno lo sabe todo.

—Ya va siendo hora de que aprendas a dormir sola —me recrimina Tommy mirando hacia el techo—. Y además, ya sé cuál es ese sinónimo: «chancleta». Es tan feo como alpargata —concluye, y se da media vuelta hacia el muro.

A veces parece tener cien años más que yo.

De joven, mamá fue cantante en una banda de música. Tocaban baladas románticas y revolucionarias que les copiaban a los cubanos. Aún hoy tiene reminiscencias de ese aspecto etéreo que cultivaba entonces. El pelo largo, faldas de colores y una gruesa pulsera de cuero donde están grabados los nombres de papá y el suyo. Papá en cambio era un tipo formal. Desde niño supo que quería ser piloto. Se conocieron una tarde en que el tío Nicolás lo llevó a su casa y mamá estaba tocando la guitarra. Dicen que fue un amor instantáneo. Imagino que es lo que les cuentan todos los padres a sus hijos para no despertar en ellos dudas sobre la naturaleza de su amor. Papá asistía a todos los conciertos que daba el grupo de mamá, y ella a todas las prácticas de vuelo de papá. Cuando yo nací, mamá dejó la banda y comenzó a hacer cerámica, aunque siguió asistiendo a los espectáculos aéreos conmigo en brazos. Pero cuando llegó Tommy, yo ocupé su lugar. Mamá se quedaba en casa cuidando de él, mientras yo acompañaba a papá.

Si yo no hubiera estado ahí el día que su avión se desplomó, todo habría sido diferente. Pero entonces no hubiese conocido a Gabriel. Tal vez por eso sólo podemos escoger algunos de los momentos de nuestra vida, y otros simplemente llegan. Si estuviéramos capacitados para elegirlo todo, nos quedaríamos paralizados.

Los días siguientes, luego de conocer a Gabriel, apenas salí del cuarto. Oír el nombre de papá en ese lugar de sombras me destrozó. Tampoco ayudaba mucho que me negara a hablar en mis sesiones diarias con el doctor Canales. Me sentaba frente a él y miraba por la ventana, dejando que los treinta minutos de terapia fueran cayendo del reloj hasta desaparecer.

Clara, a pesar de los somníferos, seguía sin dormir.

Una noche me desperté con un grito agudo, penetrante, doloroso, como si estuvieran enterrándole una estaca en el corazón a alguien. Clara estaba despierta, como siempre, sentada en su cama. Nos levantamos y salimos al pasillo. Caminamos hacia el grito que se hacía más intenso y más desgarrador. Tenía miedo, quería que se detuviera. Que se detuviera ya. Llegamos al extremo del pasillo y vimos a Rita, una chica obesa que nunca salía del piso. Tenía las manos y el rostro ensangrentados, el pelo suelto y revuelto. Iba desnuda. Sus apoteósicas carnes blancas se bamboleaban. Se arañaba la cara y luego daba golpes al aire. Parecía estar defendiéndose de un enemigo invisible. Vociferaba con los ojos muy abiertos y la mirada vacía. Domi y un par de auxiliares intentaban apresarla. Parecían gallinas procurando atrapar un rinoceronte que se resistía a morir. De repente un líquido salió de entre las piernas blancas de Rita. Se orinaba, se orinaba y sus gritos se volvían más violentos. Al cabo de unos minutos aparecieron dos enfermeros. Rita les dio la espalda y el más grande se abalanzó sobre ella, atrapándola. El otro saltó también, y mientras la apresaban, Rita trataba de arañarlos y morderlos hasta que, vencida, se desmoronó en el suelo con sus gigantescas tetas y su gigantesco cuerpo, y su grito se hizo más agudo, más triste, como si le estuvieran enterrando una estaca en el corazón. Ya no la soltaron. Un tercer tipo llegó corriendo. Entre los tres la cubrieron con una sábana y la llevaron en vilo por el pasillo, uno de ellos por los pies, el otro por los brazos y el tercero por el torso, mientras Domi, tomándole la mano, le decía:

—Tranquila, tranquila, tranquila.

Domi los siguió un trecho, hasta que una de las auxiliares la detuvo. Rita y sus captores desaparecieron tras la puerta del Cuarto de Reclusión.

—Ven —me dijo Clara.

Me condujo a mi cama, y aunque estaba estrictamente prohibido fumar en las piezas, encendió uno de sus cigarrillos y se sentó junto a mí. Le pedí que me diera uno. Supongo que confiábamos que pasarían por alto nuestra transgresión con el revuelo. Fumamos en silencio, mirando los dibujos de luz de luna que se formaban en el piso. Me puse a temblar. Las manos, los pies, mi cuerpo entero temblaba. Me llevé la mano a la boca intentando detener la emoción, como siempre lo hacía, pero Clara me abrazó. Sentí el calor de su cuerpo, su abrazo. Y me puse a llorar.

—Ya pasó, Emi, ya pasó —me dijo sin soltarme.

Pero el sollozo no se detenía. Todo el remordimiento, toda la soledad, todo el espanto, se hacían materia dentro de mi cuerpo, un veneno que tenía que salir, porque si no salía, me mataba. Sentí los latidos de su corazón. Por instantes, el mío se apaciguaba. «Ya está todo bien, Emi», me repetía, pero el veneno volvía a arremeter, un golpe en el pecho, como un disparo. La abracé con más fuerza, un abrazo que necesitaba desde lo más profundo de mi ser. Clara me acogió. Era como haber llegado a un puerto, un puerto frágil, inseguro, pero puerto al fin, donde podía anclar por un rato, mientras el veneno salía. Me recosté sobre la cama y Clara se echó a mi lado. Así permanecimos hasta que las primeras luces de la mañana comenzaron a aparecer en nuestra ventana. Tal vez nos dormimos, no sé. De pronto la escuché hablar.

—La línea es muy fina —dijo—. El mundo paralelo está a la vuelta de la esquina. Cualquiera puede equivocar el paso y terminar en este lado. Rita fue atleta. Seleccionada nacional.

—¿Rita? —pregunté sin voltearme.

—Sí. Un día, cuando practicaba con su equipo, todo se oscureció. Así, de repente, como si fuera de noche, o más oscuro, como un túnel, me imagino. Miró a sus compañeras, ellas seguían en lo suyo. Rita se dio cuenta de que algo muy malo le había pasado a su cabeza. No le dijo nada a nadie, pero volvió a irse a negro un montón de veces más. Dejó el deporte y comenzó a comer.

—¿Y tú? —le pregunté.

—¿Yo? Ah. Mi cabeza no para nunca, está todo el tiempo a mil, hasta que no doy más y me deprimo. Como Gabriel.

—¿Lo conoces? —pregunté, reincorporándome en la cama.

—Aunque no lo parezca, conozco a todos aquí.

—Tu cabeza.

—¿Mi cabeza? —me preguntó extrañada.

—Bueno, quiero decir que está siempre alerta…

—Ah —dijo sin mayor convicción.

Clara, a pesar de su inteligencia, carecía de sentido de la ironía y eso la volvía desconcertante, pero a la vez firme. Las personas dadas a la ironía siempre me han resultado un poco resbalosas. Nunca sé bien dónde estoy pisando con ellas.

—¿Y Gabriel? —pregunté. Quería que volviéramos a él.

—Es guapo —ambas reímos—. Y es un genio. Ésa es su condena. Antes de conocerlo, yo pensaba que toda la gente así de bonita era estúpida.

—Yo también.

—¿Qué más sabes de él?

—Que no habla con nadie, que no es gay, que es el tipo más interesante y misterioso que he conocido. Sólo le habla a Hugo. Es raro que haya conversado contigo el otro día. Jamás lo había visto hablarle a otra persona. Tampoco deja que nadie lo toque. Un día Domi se le lanzó al cuello, no recuerdo por qué, y él la empujó. Después se fue. No bajó en una semana al jardín.

Clara no me preguntó por qué había huido de Gabriel y yo se lo agradecí. Pero descubrir que Gabriel había roto su silencio conmigo me hizo sentir bien, como si alguien hubiera depositado un tesoro en mi corazón.

Debieron aumentarme la dosis de antidepresivos, porque al cabo de dos semanas mis pies abandonaron su segundo enclaustramiento y bajé por primera vez al casino. Clara me acompañó. Cuando íbamos saliendo junto a la auxiliar, Domi y su séquito se nos unieron. También Rita, que caminaba con la cabeza gacha y arrastrando los pies detrás de Domi. Parecía llevar un cartel cósmico colgado del cuello que decía: *Por favor, hagan como que soy invisible*, lo que dada su envergadura resultaba bastante difícil. Aún tenía cicatrices de sus propios arañazos en el rostro. Costaba mirarla. Me recordaba la fina raya que nos separaba de la locura, esa locura de la que me había hablado Clara la noche de su ataque.

Nada más entrar, vi la cabeza castaña de Gabriel en una de las mesas del fondo, de espaldas a la puerta. Hugo, sentado frente a él, nos vio de inmediato y agitó la mano. Gabriel se dio vuelta y su expresión se iluminó por un segundo. Hugo se levantó y caminó hacia nosotras con el torso erguido y sus pasitos asombrosamente cortos y rápidos; un andar que en su reducida estatura resultaba a la vez cómico y tierno.

Clara me había explicado que Hugo estaba en Las Flores porque había intentado suicidarse. Pero no una, sino tres veces. Era difícil imaginar que tras ese chico dulce y abierto hubiera un niño que intentaba quitarse la vida desde los trece años. La primera vez se tomó tres cajas de propanolol, deseando que su presión descendiera hasta morirse. Pero en lugar de eso, se despertó en la UTI, y cuando lo dieron de alta, lo enviaron por primera vez al siquiátrico del hospital El Salvador. Estuvo ahí dos veces. Su padre desapareció apenas él nació. Vivía con su madre y otros dos hermanos cuyos padres también se habían esfumado. Su madre estuvo más de una vez en la cárcel por traficar drogas en su población. Ninguna de nosotras sabía quién le pagaba Las Flores.

—¿Les gustaría sentarse con nosotros? Estamos recién empezando a almorzar —nos invitó Hugo. Hablaba con la parsimonia de los capitanes de barco de las películas, cuando les ofrecen a sus pasajeras unirse a su mesa.

Un chico de complexión gruesa y pantalones que dejaban sus asquerosos calzoncillos al descubierto pasó a nuestro lado y empujó violentamente a Hugo con un hombro. Hugo trastabilló y estuvo a punto de caer, pero pronto recuperó su sonrisa. Clara y yo intentamos salir tras el chico, pero Hugo nos detuvo:

—No es nada. Déjenlo. Y ¿qué dicen?, ¿vienen? —volvió a preguntar.

«El casino» (si a eso podía adjudicársele un nombre tan sugerente) era una sala de cinco mesones, de muros desnudos y sin ventanas, donde flotaba un olor persistente a col cocida. Una mujer vestida de azul tomaba los pedidos tras un mostrador, pedidos que se reducían a un par de platos del día y hot dogs. A mí me daba igual. Hacía meses que no tenía hambre y toda la comida me sabía a cemento. La única ventaja que tenía con respecto a la cena que recibíamos en el comedor de nuestro piso era que podíamos pedir bebidas. Estaban vedadas las Coca-Colas y todos los líquidos que tuvieran aspartame o cualquier otro endulzante artificial, lo que resultaba ridículo, dadas las toneladas de químicos que se consumían en el lugar. Ésta era una particularidad de Las Flores que incluso aparecía destacada en su folleto con el fin de atraer a sus potenciales «clientes». Para los alcohólicos y drogadictos (la mayoría entraba en esta categoría, y sus edades fluctuaban entre los quince y los veintiún años) era una forma legal de canalizar su compulsión al exceso. Según Clara, había chicos que bajaban a tomarse diez bebidas seguidas, una tras otra, con el fin de apaciguar su ansiedad y su rabia; su necesidad imperiosa de echarse algo al cuerpo.

Domi tomó a Hugo del brazo, y su séquito los siguió. Clara y yo recogimos nuestros platos y nos encaminamos hacia su mesa. Lo cierto es que encontrarme con Gabriel me producía una ansiedad digna de una demente.

—Hola —dijo. Alzó los ojos y al instante los enterró en la mesa. Aun así, la mirada que posó en mí, casi tocándome, me trastornó. Llevaba una camiseta negra con el dibujo del universo explotando. Clara y yo nos sentamos junto a Hugo. Rita había desaparecido. Sentí no haberle dado más atención. Domi se sentó en el borde de la silla, como una elegante ave pronta a emprender el vuelo. Me di cuenta de que ese día Gabriel también traía consigo la libreta negra que le había visto en el jardín. La tenía sobre la mesa y una mano suya descansaba sobre ella.

Se produjo un silencio intergaláctico. Gabriel torció uno de los tenedores hasta casi quebrarlo. Todos nuestros cubiertos eran de plástico y les otorgaban a nuestras comidas un patético aire a fiesta infantil.

Hugo rompió el silencio con un modular lento y voz solemne.

—«No es una hora mala. No es de los peores momentos del día.»

—¿Y ésa? —le preguntó Gabriel.

—Son las primeras palabras de dos enamorados en una novela de Fitzgerald —replicó Hugo con orgullo.

—Muy romántico —dijo Domi.

—Muy atmosférico —dije yo.

—Muy atemporal —dijo Clara. Sus manos temblaban más que otras veces, y tal vez para no hacerlo evidente, no había probado bocado.

—Muy apropiado. Gogo es el rey de los sacadores de apuros —dijo Gabriel, y todos reímos. Me gustó que lo llamara Gogo.

Me miró y luego bajó la vista.

Hugo se encargó de conseguir bebidas para todos y, en su ausencia, Domi tomó la batuta de la conversación. Hablaba de las Ratas Esquizofrénicas, de los Chimpancés Calientes y de las Feminazis Relamidas refiriéndose a las enfermeras y enfermeros de Las Flores. Era más bien un monólogo, porque Gabriel seguía con los ojos enterrados en la mesa sin agregar palabra, mientras que Clara, las «mellizas» y yo nos limitábamos a escucharla. En una pausa de Domi, una de las chicas le pidió a Gabriel —como al parecer era la costumbre— que hiciera sus prodigiosos cálculos matemáticos. Hugo ya había vuelto con las bebidas y sacó una calculadora de su bolsillo. Así se inició un rito que me pareció le resultaba no sólo embarazoso, sino humillante. Gabriel soltaba los números con voz ronca, remota, sin mirar a nadie. ¿Por qué lo hacía? Pensé que tal vez era la fórmula que había encontrado para ocultarse. En la medida en que iba avanzando con sus cálculos (120 por 4 dividido por 0.8 multiplicado por 24 elevado a 2 000, etc., etc., etc.), se me hizo más claro que ésa era su manera de recluirse y a la vez de aparentar que aún seguía ahí. Cuando el Show de los Números llegó a su fin, Domi siguió entornando los ojos y moviendo a uno y otro lado su espléndida cabellera. Gestos inútiles, porque Gabriel no había alzado ni por un segundo la cabeza para mirarla ni mirarnos. La situación ya comenzaba a hacerse incómoda cuando Domi se levantó para saludar a una chica de una mesa vecina. Según me contó después Clara, esa chica, llamada Rafaela, era la única a quien Domi respetaba, porque ambas habían pasado por las jeringas.

Fue entonces cuando Gabriel me habló:

—Me siento súper mal por haberme metido en lo que no me incumbe. De verdad te pido disculpas.

—Está bien —señalé con una sonrisa—. No pasa nada.

—¿En serio? —preguntó, mirándome a los ojos.

—Sí, muy en serio —repliqué, y levanté la mano para sellar la promesa.

Gabriel permaneció quieto, los brazos lado a lado, como un bloque de madera. Hugo nos miraba a ambos, intentando buscar una forma de salir de ese entuerto. De pronto, extendió la mano para que la mía no quedara ridículamente suspendida en el aire aguardando algo que no iba a ocurrir. La estreché y todos nos mantuvimos en silencio. Gabriel me había hecho quedar como una estúpida. Sentí vergüenza y rabia. Pero al mismo tiempo, su incapacidad para tomar mi mano me había dado una señal de la profundidad de su aislamiento.

—Sí, soy la hija de Julián Agostini, el aviador —dije entonces—. Y también sé pilotar aviones.

Gabriel apoyó las manos sobre la mesa y las entrelazó una con la otra.

—Tenemos dos —continué, dirigiéndome a Gogo y a Clara, quienes me escuchaban atentos—. El mío es un Pitts Special. Puede superar los 250 km/hr, y asciende a gran velocidad, lo que le permite hacer acrobacias.

—Yo lo vi volar una vez —dijo Gabriel.

—¿Ah, sí? —le pregunté con indiferencia.

—Sí. Con mi papá. En la FIDAE, hace unos años. Él decía que Agostini era un mago.

Yo pensaba lo mismo. Un puto mago que no supo usar su magia para salvarse. Para salvarnos. Para salvarme.

Recordé esa tarde cuando volvíamos al aeródromo en mi Pitts Special y papá me dijo que tenía que contarme un secreto. El sol se ponía tras los cerros y las primeras luces comenzaban a encenderse en la superficie azulada de la ciudad. Lo que papá me dijo ese atardecer fue que él me quería más que a nadie en el mundo. «¿Más que a Tommy?», le pregunté. Tommy tenía la inteligencia de un adulto, el candor de un niño y la apariencia de un ángel. En su persona se habían aunado todas las cualidades de nuestros padres, mientras que en mí parecía haberse reunido lo más oscuro. Por eso las palabras de papá me parecieron inverosímiles. «Tommy sabrá velar por sí mismo, mientras que tú siempre me tendrás a mí.» Quizá papá sabía que yo podía quebrarme, y lo que intentaba decirme era que él estaría para mí cuando ocurriera. Pero no estuvo. No estuvo cuando mi cabeza se volvió negra y mi corazón se volvió negro y el mundo se volvió negro.

—Y a ti, ¿te gustan los aviones? —le pregunté a Gabriel, en un esfuerzo por ocultar las emociones que ese recuerdo me había provocado.

—Sí, pero más me gustan los mapas. Hago los dibujos en mi cabeza —dijo, y su expresión se volvió hermética una vez más.

Su cabeza que no paraba. Su cabeza que no lo dejaba vivir. Las dos chicas de la corte soltaron sus risitas nerviosas. La conversación estaba llena de pozos que nos hacían avistar el fondo sombrío que queríamos olvidar. Se produjo otro silencio intergaláctico que Hugo rompió una vez más, con la misma seriedad de quien le habla al ministro de Justicia.

—«He tenido tan rara vez el honor de encontrarla, que estoy seguro de que ya no me recuerda.» Primeras palabras de Vronsky a la bella Anna Karenina.

—Eres imposible, Gogo —dijo Gabriel. Sonrió apenas, entrelazó las manos en la nuca, se echó hacia atrás en su silla y me miró—. Gogo es el número uno entre los expertos mundiales en primeras palabras de amor.

—Sólo en las novelas, porque en la vida… —rio Gogo.

—Sí, la vida es una puta complicación —agregó Gabriel.

—Si alguien me preguntara, yo feliz viviría en una novela —dijo Gogo.

—Nadie te va a preguntar eso —le señaló Gabriel.

—A mí también me fascinan los mapas —interrumpí. Quería que Gabriel lo supiera.

—¿En serio? —preguntó.

No alcancé a responder porque Domi estaba de vuelta.

—¿Qué onda por aquí? —se sentó en su puesto junto a Gabriel, cruzó las piernas y apoyó la barbilla en la palma de su mano con deleitosa lentitud.

—Estos dos han descubierto que pertenecen a la misma novela —bromeó Hugo, señalándonos.

Todos reímos, incluso Gabriel. Domi soltó una ruidosa carcajada, pero sin reírse siquiera.

—¿Y qué novela sería ésa? —preguntó.

—Bueno, eso tendremos que descubrirlo —replicó Gogo, satisfecho—. En todo caso, lo que está claro es que lleva aviones y mapas.

La expresión de Domi se tornó grave. Suspiró.

—¿En qué estábamos? —se dirigía a Gabriel y a Gogo. El interludio que se había dado mientras ella conversaba con su amiga había llegado a su fin y ahora era el momento de continuar con los asuntos que tan sólo les incumbían a ellos.

—A mí también me gustaría saber cuál es esa novela —dijo Gabriel ignorándola, su mirada clavada en mí—. Quizá no es una novela sino un libro de viajes. Habría que buscarlo en la Librería de Babel.

—¿Te refieres a la librería del señor Isaac? —balbuceé estremecida.

—¡Exacto! —exclamó, y golpeó la mesa con la palma de la mano. Sus ojos brillaron como si estuviera viendo algo que lo deslumbraba.

Con papá solíamos ir a la Librería de Babel en busca de libros relacionados con Amelia o con los primeros viajes aéreos. Su dueño, el señor Isaac, admiraba a papá, y siempre nos ofrecía un té frío y desabrido de un termo que guardaba bajo su escritorio. Su especialidad eran los mapas, los libros de viaje y de aviación, pero también tenía novelas añejas que leía y releía.

Yo jamás había creído en los hados ni en el destino, ni en toda esa basura esotérica que mamá tanto adoraba. Las cosas sucedían y ya. Y no existían fuerzas externas que estuvieran empujando la vida hacia uno u otro lado. Pero que Gabriel conociera la Librería de Babel era, por decir lo menos, EXTRAÑO. Por primera vez pensé que quizá sí había un dibujo en alguna parte para cada uno de nosotros, trazado, eso sí, con lápiz, para poder borrarlo cuando se nos diera la gana. No alcancé a decir más, porque Domi preguntó gritando:

—¿De qué puta librería hablan?

Todos se voltearon a mirarla. Un espeso murmullo se levantó en el comedor, como una ola cargada de desperdicios.

—No pasa nada, Domi —intentó calmarla Gogo con su voz de niño.

Ella se recogió el pelo con ambas manos. Respiraba con rapidez. Intenté posar mi mano sobre su hombro.

—No te atrevas —me espetó con violencia y agarró mi muñeca con fuerza.

Sentí miedo y frío. Emanaba de ella una energía poderosa y lóbrega. Ni los esfuerzos de Hugo lograron disipar el manto que Domi había arrojado sobre nosotros, ensombreciéndonos, recordándonos que estábamos ahí porque no éramos capaces de dominar nuestras emociones. Gabriel recobró su expresión habitual —serena e impenetrable— y siguió comiendo. Se alejaba de nosotros nuevamente, como si hubiera escuchado el rumor de otro mundo.

Domi ejercía su autoridad de una forma implícita. Pero para todos era evidente que con ella no se jugaba.

En el silencio que habían producido sus palabras, Gabriel levantó la cabeza y mirándola a los ojos fijamente, sin brusquedad, pero con firmeza, le dijo:

—Y tú tampoco te atrevas a tocar a Emilia. Nunca. ¿Oíste?

—¿Ya estás despierta? —me pregunta mamá, asomada a la puerta. Se acerca y se sienta junto a mí en mi cama—. ¿Te sientes mejor? —hace el amago de tocarme y yo la detengo con un gesto.

¿Por qué no puedo hablarle? ¿Por qué no puedo abrazarla y dejar que me mime? Ella no es responsable de lo que ocurrió. Pero es como si lo fuera. Tendría que haber visto lo que venía esa mañana. Tendría que habernos detenido. Es injusto pensar así, lo sé. Pero aun sabiendo eso, me dan ganas de gritarle, de decirle que es una inútil, que siempre lo ha sido, que sin papá no es nada, nada, nada. Que es débil, como yo. Se produce un silencio horrendo, incómodo. Sentadas lado a lado respiramos. Respiramos fuerte, como si nos estuviéramos ahogando.

—Lo siento tanto, Emi —dice con la voz quebrada.

«¿Qué sientes tanto?», me pregunto con rabia. «¿Que no hubieras sido tú quien se estrellara contra la tierra y se hiciera pedazos?» Pero no, eso no lo digo.

Se echa a llorar.

Otra vez. Siempre llorando. La dejé llorando y ahora, de vuelta, sigue llorando. ¿Acaso no te das cuenta de que tus lágrimas me asfixian? Siento rabia, rabia, mucha rabia. Me dejo caer hacia atrás en la cama y cierro los ojos.

—Déjame sola, por favor —le pido.

La veo levantarse con los hombros caídos. Quiero pedirle perdón, pero no lo hago. Sale y cierra la puerta. Sé que está al otro lado. Sin hacer ruido. Acerco mi oído a la madera. Tal vez ella también ha hecho lo mismo, y ambas escuchamos el silencio que nos separa.

Recuerdo su última tentativa por reanimarme unos pocos días antes de mi intento de suicidio. Terminábamos de cenar cuando, con una mueca que intentaba ser una sonrisa, exclamó:

—¡Esta noche vamos a acampar en el jardín!

Después del accidente de papá, circulaba por la casa intentando poner orden, pero pronto se cansaba, volvía a su cuarto y todo quedaba en un caos aún peor que el que había antes. A pesar de sus esfuerzos por ocultarlos, sus sollozos se escuchaban donde estuviéramos. Se colaban por los resquicios de las puertas, como un gas, y llenaban los espacios. Por eso, con Tommy sabíamos que no podíamos negarnos a seguirla en ese súbito e inusual arranque de entusiasmo. Posiblemente era el resultado de algún nuevo medicamento.

Salimos a nuestro escuálido jardín y vimos que mamá había levantado la casa de camping. También había comprado un «pícnic» de golosinas que, desplegadas sobre la mesita que usábamos de comedor en nuestras excursiones, le daban al jardín la apariencia de un bazar. Creo que ese día entendí que no todo lo real es verdadero. Yo tenía una permanente sensación de náusea, y apenas comía. Pero esa noche hice lo posible por no defraudar a mamá. A las nueve, después de zamparnos el botín de golosinas y un termo con jugo de pera con jengibre, y de quedar todos en un estado de precoma por el exceso de azúcar, figurábamos silenciosos dentro de nuestros sacos de dormir. Mamá estrechó mi mano como temiendo que pudiera huir. Era lo que ansiaba con todas mis fuerzas: saltar del saco, salir a la calle y echarme a correr hasta perderme en la oscuridad. Me imaginé sola en medio de la ciudad. Un ser nuevo, sin historia, sin culpa, iluminada por las luces nocturnas, expuesta a un futuro que aún no tenía forma ni nombre y que yo haría mío.

El proyecto de mamá podría haber resultado si no hubiera sido por los vecinos, que a los pocos minutos encendieron sus televisores a todo volumen, y las voces chillonas de una serie japonesa combinadas con un jingle de algún producto de limpieza terminaron por deshacer el gramo de ilusión que habíamos reunido. Era como estar en medio de un parque de diversiones en el desierto. Nos quedamos tendidos mirando el techo de la carpa, hasta que mamá, rendida, nos dijo que si queríamos, podíamos entrar. No lo dudamos un segundo. Tommy y yo tomamos nuestros sacos de dormir y corrimos a la casa. Mamá debió quedarse fuera un buen rato porque no volví a verla esa noche.

La primera vez que Gabriel
habló de Lemuria

Unos días después del episodio del casino y Domi, mamá trajo a Tommy por primera vez a Las Flores. Me lo había anunciado por teléfono el día anterior, y a pesar de los somníferos, esa noche no me fue fácil conciliar el sueño. No quería que Tommy me viera ahí. Además, la idea de que alguien perdiera el control ante sus ojos me llenaba de angustia.

Sin embargo, cuando lo divisé caminando junto a mamá muy decidido, con la apariencia de quien se apronta a cumplir una misión de suma importancia, olvidé todo y corrí a encontrarme con él. Mamá traía una canasta con holanes, muy impropia de ella. Eran sus esfuerzos por transformar lo feo en bonito. Y esa vez yo estaba decidida a ayudarla. Ambos eran tan diferentes a todos los chicos que estábamos encerrados en Las Flores. Iban limpios y peinados, sus manos no temblaban ni tenían ojeras bajo los ojos. Sus pupilas brillaban. En Las Flores lo único verdaderamente vivo eran la rabia y el miedo.

Los conduje por uno de los senderos hasta el sitio menos estropeado del jardín, donde los peñascos casi desaparecían, a unos pocos metros de la huerta de Gogo y Gabriel. Mamá extendió un mantel a cuadros y abrió su canasta de donde sacó manzanas, naranjas, uvas, plátanos y peras. No estaba permitido que las visitas trajeran alimentos. Podían estar adulterados. La fruta era una excepción.

Lo cierto es que toda esa parafernalia de familia feliz resultaba bastante vergonzosa. Por fortuna era temprano y la mayoría de los chicos aún no bajaba. Tommy no dejaba de mirarme.

—¿Por qué me miras así? ¿Tengo monos en la cara? —le pregunté y revolví su pelo.

—No, no tienes monos en la cara —replicó muy serio—. Sólo que estás cambiada. Para mí, siento decirlo, mi hermana está enamorada.

Con mamá nos miramos y nos echamos a reír.

—¿Desde cuándo sabes esas cosas y desde cuándo hablas así?

Tommy también rio. Por un momento, creo que todos nos sentimos bien, y el abismo entre el Afuera y el Adentro desapareció.

—¿Cuándo vuelves a casa? —me preguntó.

Mamá me miró otra vez. Yo sabía que había estado con el doctor Canales la semana anterior. Él seguramente le había contado de los días que me pasaba encerrada en mi cuarto y de todas esas veces que había necesitado que me subieran las dosis de somníferos, o de calmantes, o de lo que fuera, para sentirme menos miserable. También debió contarle de mi resistencia a hablar en las terapias.

Pero todo eso no tenía nada que ver con Tommy. Tommy era la luz. Y yo estaba decidida a que su resplandor me alcanzara, aunque fuera un poquito. Por eso le dije que se sentara conmigo para hacerle cosquillas y besuquearle su cuello suave como el de un bebé. Desde chiquito le gusta sentarse en el triángulo que forman mis piernas cruzadas. Según él, ése es su nido.

—La tía Leti te mandó saludos —dijo mamá, mientras pelaba una naranja—. Se ofreció a venir a verte y hacer juntas una de sus sesiones.

Con Tommy nos echamos a reír. Primero, Leti no era ninguna tía y, segundo, estaba más chiflada que todos los chiflados juntos de Las Flores. En una de las tentativas de mamá por animarnos y animarse, la había invitado una mañana de sábado a nuestra casa para una de sus «sesiones». Nada más llegar nos había enviado a cambiarnos de ropa. «¡Tiene que ser ropa suelta, suelta, suave, suave!», exclamó, y al cabo de unos minutos mamá, Tommy y yo figurábamos vestidos con unas túnicas que mamá se había ganado en una rifa que la misma tía Leti había organizado con el fin de reunir fondos para su Centro de Relajación para Animales Estresados por el Maltrato e Insensibilidad Humana, o algo así. Nos hizo sentarnos en el suelo, cruzar los pies y cerrar los ojos. «La vida es un eterno…», decía la tía Leti cuando se le escapó una ventosa, o un «peo», o un «pedo», o un «pun», como sea que se le llame, que resonó en la quietud de la tarde como una trompeta atrofiada, lo que hizo que su voz se detuviera y su frase quedara en suspenso. Fue entonces cuando Tommy —con quien habíamos estado intercambiando miradas de «qué es toda esta mierda», mientras la tía Leti y mamá permanecían con los ojos cerrados— dijo: «La vida es un eterno problema de tripas». Ya no pudimos aguantar la risa y los dos tuvimos que levantarnos para no ahogarnos con nuestras carcajadas. Ése fue el fin del empeño «espiritualizante» de mamá.

Mamá desgajó la naranja y nos dio la mitad a cada uno. Estaba dulce y jugosa. En la altitud gris del cielo se escuchaban trinos de pájaros que luego se detenían.

—¡Ah! Te traje algo —señaló mamá, y sacó del bolsillo de su chaqueta un cuaderno de cuero rojo en cuya portada estaba inscrito en color oro:

E. A.
De
J. A.
3/3/15

—¿Y esto?

—Tu papá lo mandó a hacer para ti. Llegó hace un par de días. Parece que se había perdido en el correo —era la primera vez que mamá hablaba de papá sin que se le quebrara la voz. Por lo visto, las cosas también estaban cambiando allá Afuera.

Pasé la palma de mi mano por la cubierta.

Era una copia del cuaderno que George Putnam, el marido de Amelia Earhart, le regaló para que ella anotara sus pensamientos durante el vuelo a través del Atlántico. Sólo que el de Amelia era café y el mío era rojo, el color de mi Pitts Special. Yo había visto fotografías de ese cuaderno.

E.
From
G. P.
5/15/28

Papá me contó la historia de Amelia cuando yo era niña. Fue la más bella, glamorosa y osada de todas las pioneras de la aviación. La primera mujer en atravesar en solitario el Atlántico, la primera en volar sin paradas todo a lo largo de Estados Unidos, y la primera en ir desde Hawái hasta la costa oeste de California. El mundo entero miraba a Amelia cuando emprendió su viaje alrededor de la Tierra. Siete mujeres habían intentado cruzar el Atlántico antes que ella. De éstas, dos lo hicieron con un piloto, porque no tenían suficiente experiencia para volar solas; dos desaparecieron en el Atlántico; una quinta tuvo que ser rescatada en el mar; la sexta no llegó a despegar; y la última, la famosa aviadora inglesa Elsie Mackay, salió en medio de una helada y días después hallaron partes de su avión en las costas de Irlanda. Su cuerpo nunca apareció.

Creo que papá estaba un poquito enamorado de Amelia. Cuando nací, él quiso llamarme como ella, pero mamá transó en Emilia. Para mi cumpleaños número diez, papá me regaló un retrato suyo.

Fui yo quien le propuso que termináramos su ruta, y poco a poco él se fue entusiasmando con la idea. «Ya llegará el momento», me decía. Yo tenía que terminar el colegio y él pagar las cuentas a fin de mes. Lo que obtenía de las clases de vuelo nos alcanzaba apenas, y con sus cerámicas no era mucho lo que mamá podía aportar al presupuesto familiar. Por eso todos adorábamos los shows de acrobacias. Significaban un dinero adicional que siempre nos gastábamos en algo extraordinario: una comida en algún restorán o un par de días de vacaciones en un hotel con frigobar frente a la playa.

Era el tío Nicolás, con su sueldo en la agencia de publicidad donde trabaja, quien me pagaba Las Flores. Mamá no hubiera podido hacerlo.

—Ábrela —me pidió.

En las primeras dos páginas papá había trazado a lápiz el itinerario completo que Amelia y Noolan, su navegador, realizaron en su Lockheed Electra el año 37. Cualquiera habría pensado que traerme un regalo de papá, dadas mis condiciones, sería una mala idea. Pero mamá sabía que no lo era. Ese cuaderno con su mapa no sólo encarnaba a papá, sino que también representaba el futuro. Algo a lo cual, a pesar de que él ya no estaba con nosotros, yo podía aspirar. Una marejada de emoción me golpeó el pecho.

—¿Estás bien? —me preguntó mamá y me recogió el cabello.

—Sí, sí —dije, y volví a desprender mi pelo para ocultar mis orejas.

Al cabo de un rato se nos acercó Clara. A pesar de que el día estaba templado, venía abrigada como para subir el Everest. Tommy saltó fuera de su «nido» y se sentó a mi lado con su expresión de detective.

—Ella es mi amiga Clara —la presenté con orgullo.

Yo no conocía a la familia de Clara. Todos los chicos de Las Flores se reunían con sus visitas en una de las salas del primer piso, lejos de los ojos de los demás. Lo que hacíamos nosotros era una rareza.

Mamá le ofreció una manzana, mientras Tommy la miraba atento.

—¿Tienes frío y por eso estás tan abrigada? —le preguntó.

Yo nunca me había atrevido a preguntarle por qué llevaba esas gigantescas parkas cuando los demás transpirábamos bajo el sol. Temía que se enojara, pero en lugar de eso, se puso a reír.

—Mi termostato está un poco loco.

—Como el de Pinkus, en el planeta Soros.

—Exacto —dijo Clara.

No tenía idea de qué hablaban, pero las cosas iban bien, y eso era lo único que importaba. Conversaron un rato sobre Pinkus y su amiga Cortessa y un animalito llamado Karry, hasta que vi a Gabriel y Gogo que caminaban por el sendero hacia su huerto. Gogo con sus pasitos cortos y la espalda muy recta, y Gabriel en piyama. El corazón me dio un salto.

Ninguno de los dos había bajado al jardín desde el día del casino. Gogo nos saludó a la distancia con su acostumbrada amabilidad y alegría.

—¿Quiénes son? —preguntó mamá.

—El chico más guapo del mundo y su relacionador público —declaró Clara.

—Quizá quieran compartir nuestro pícnic —dijo mamá.

Hubiera querido matarla, pero antes de que pudiese reaccionar, Clara ya estaba llamándolos.

Gabriel y Gogo se acercaron y saludaron a mamá y a Tommy con la misma parsimonia con que se recibe a los dignatarios de un país extranjero.

—Por favor, siéntense —dijo mamá—. No digamos que es un gran pícnic. Lo único que dejan ingresar son frutas, pero estamos felices de compartirlas con ustedes —quería estrangularla de a poquito, para que sufriera.

Ahora eran Gogo, Clara y Tommy quienes hablaban sobre ese planeta Soros, del cual yo no había escuchado nunca, mientras mamá no hacía nada por disimular su alegría frente a la evidencia de que por fin yo había hecho algunos amigos, aunque se tratara de pacientes de una casa de locos. Gabriel miraba desde su acostumbrada distancia con una sonrisa tímida y yo me enrollaba y desenrollaba una mecha de pelo en el dedo buscando algo que decir. De tanto en tanto me miraba. Pero en cuanto nuestros ojos se cruzaban, ambos hacíamos como si nunca nos hubiéramos conocido.

—¿Y eso? —preguntó Gabriel señalando el cuaderno que yo tenía en mis manos.

Gogo, Clara y Tommy detuvieron su charla. Mamá le explicó de qué se trataba.

—¿Puedo mirarlo? —pidió.

Lo tomó con cuidado y lo abrió. Frunció el ceño a causa de la luz del sol y se quedó contemplando en silencio el mapa de papá.

Su rostro se iluminó con una expresión de asombro. Él, que enloquecía con los mapas, se encontraba con uno de ellos en mi cuaderno. Lo observó atento, absorbiendo cada detalle. Mis sentimientos eran contradictorios. Por un lado, hubiera querido arrancarle mi cuaderno de las manos, y por el otro, su atención completa sobre algo que me era tan preciado me hacía feliz.

—¿Qué es? —preguntó Clara. Sus manos apenas temblaban ese día.

Ni Clara ni Gogo sabían quién era Amelia Earhart. Entre mamá y Gabriel les contaron uno de los misterios más fascinantes de la aviación. Gabriel conocía detalles de los cuales nosotros no habíamos oído hablar, como la historia de la pequeña Betty Klench, que a través de la radio de su casa en Florida escuchó la voz de Amelia y de su navegador antes de que desaparecieran para siempre. Fue la última persona en oírlos. Gabriel nos contó que el padre de Betty era fanático de las comunicaciones y había instalado en el jardín de su casa una antena que les permitía captar programas emitidos incluso desde Europa.

Las sombras que lo cubrían se habían descorrido para revelar un chico lleno de entusiasmo. Mientras se explayaba, nuestras miradas se cruzaban y ambos sonreíamos. Gogo también le arrojaba miradas alegres, animándolo a continuar.

Gabriel hablaba sentado con las piernas cruzadas frente a nosotros, gesticulando vehemente. Nos contó que una tarde, cuando Betty intentaba sintonizar su programa preferido, escuchó a una mujer que gritaba: «¡Ésta es Amelia Earhart, ésta es Amelia Earhart!». Por momentos las palabras llegaban muy claras, pero luego, por la estática, la voz de la mujer desaparecía. «Ayúdenme, ayúdenme, el agua sube», gritaba. Betty escuchó también a un hombre que gemía: «¡Ayuda, ayuda, necesito aire!». «Déjate flotar, ya casi llegamos», dijo la mujer. Éstas fueron las últimas palabras que escuchó.

—Estoy segura de que papá tampoco conocía esta historia —indicó mamá.

—Espero que le haya gustado, señora Agostini —dijo Gabriel.

—Por favor, me llamo Leila —repuso mamá.

—¿Y por qué sabes tanto de Amelia Earhart? —lo interrogó Tommy. Todos en mi familia considerábamos que Amelia nos pertenecía.

—Tú me hablaste de ella, Emilia, ¿te acuerdas? —la sorpresa de escuchar mi nombre en sus labios me dejó por una décima de segundo sin habla.

—Sí —balbuceé.

Era cierto que yo había mencionado a Amelia el día del casino.

—Me interesó lo que me contaste e investigué un poco. Tengo acceso a una computadora algunas horas al día —dijo con un dejo de vergüenza. Era un privilegio que sólo él poseía.

"Cuando el padre de Betty llegó a casa y ella le contó lo que había escuchado, él partió de inmediato a dar aviso a la estación de la guardia costera. Pero ellos no le creyeron."

—Debieron pensar que estaba trastornada —dijo Clara muy seria.

—Si la hubieran tomado en cuenta, tal vez los habrían podido salvar —dije. Y todos guardamos silencio. Gabriel clavó en mí sus ojos sin disimulo. Tuve la impresión de que quería transmitirme un mensaje secreto.

—Pero no hubieran llegado a tiempo —convino Gogo—. Se estaban ahogando.

—Yo lo que creo, es que estaban a punto de llegar a tierra firme. Y lo más probable es que lo hayan logrado —dijo Gabriel con convicción.

—Pero no hay otra isla más que Howland en kilómetros a la redonda —señalé.

—Sí, la hay. Pero no está en los mapas, porque es una isla legendaria.

—¿Qué es una isla legendaria? —inquirió Tommy interesado.

—Los lugares legendarios son lugares que existen o han existido en alguna parte, pero no están en los mapas, como la Atlántida.

—¿Estás diciendo que entre Nueva Guinea y la isla Howland hay una isla donde pudieron haber aterrizado? —pregunté.

—Sí, claro, está hacia el suroeste de Hawái y se llama Lemuria. No está en los mapas modernos, pero un montón de navegantes, en diferentes épocas, hablan de ella.

—¿Y cómo sabes que existe? —preguntó Tommy.

Era evidente que Gabriel había logrado fascinarlo, y también a mamá, que lo miraba con una sonrisa encantada.

—He hecho cálculos —dijo Gabriel y se detuvo. Bajó la vista.

Gogo acudió a salvarlo.

—Es que Gabriel sabe hacer cálculos matemáticos muy avanzados.

—¿Eres un genio? —le preguntó Tommy.

—No, no. Me gustan las matemáticas, también los mapas, y cuando los unes puedes descubrir cosas.

—Como Lemuria.

—Exacto. La isla donde Amelia y Noolan cayeron.

—Tiene nombre de cereal para el desayuno —declaró Tommy.

Todos reímos.

—Los podrían haber salvado —señaló Clara—. Estoy segura. Si los adultos dieran más crédito a lo que les decimos, al menos un par de cosas andarían mejor.

Un silencio triste quedó suspendido en el aire. No sé lo que los otros pensaron. Yo pensé en papá. Él siempre daba crédito a lo que yo decía. Tanto, que cuando le aseguré que durante el vuelo su dolor de cabeza desaparecería, me creyó.

Nos disponíamos a volver cuando vi a Domi a unos pocos metros de nosotros. Nos había estado observando todo el tiempo. Su expresión tenía la misma crueldad que había visto en el casino. Sepultó sus ojos en mí. Sentí temor. Luego pensé que mis recelos eran infundados. Por muy amenazante que fuera, dentro de Las Flores no podía hacerme daño. No sabía en ese momento de lo que era capaz.

Al despedirnos, mamá me abrazó fuerte y me susurró al oído:

—Es lindo.

¿Cómo podía ser tan obvia? Al parecer, lo era. Y ella ya se estaba encargando de destruir el misterio que significa enamorarse por primera vez.

Antes de dormirnos esa noche, Clara me contó unas cuantas cosas más de Gabriel. Al parecer, se había obsesionado tan intensamente con sus ecuaciones que llegado un punto no quiso salir más de su cuarto. Sus padres le quitaron la computadora, cuadernos, lápices, todo soporte donde pudiera continuar con los cálculos. Siguió en su cabeza. Sufría de intensas migrañas. Fue entonces cuando lo internaron. Me contó que conocía el planeta Tierra de memoria. Parecía tener un mapa vivo dentro de su cabeza. También me contó que Gabriel era un genio de los algoritmos, aunque ninguna de las dos sabía exactamente qué era un algoritmo. Tendríamos que preguntarle.

Empujo la puerta de la Librería de Babel y la campanilla tinti-
nea. Nada ha cambiado. El mismo aroma a madera y a polvo,
los mismos estantes repletos de libros, y en el fondo, el señor
Isaac sentado a su mesita, concentrado en sus labores. Levanta
la cabeza, se saca los anteojos y me mira con atención.

—¿Emilia Agostini? —me pregunta.

—Sí —digo.

Ya sé lo que vendrá. Me hablará de papá. Me dirá que lo
siente mucho, tal vez incluso intente abrazarme. Pero no hace
nada de eso. Sin dejar de mirarme, me dice:

—Has crecido.

Por su expresión seria, sé que no se refiere a mi estatura,
sino a las huellas que ha dejado la partida de papá.

—Sí.

—¿Buscas algo en especial? —me pregunta.

—Sí.

—Ven, te prepararé un té. Ahora tengo una cocinilla. Si
quieres te sientas aquí mientras lo preparo —me señala un
sillón maltrecho a un costado de su mesa. Se levanta con difi-
cultad y desaparece tras la puerta del fondo.

Arropada por el olor de los libros polvorientos y el silencio, siento una calma que hace tiempo no experimentaba.
Cuando el señor Isaac está de vuelta con el té, me dan ganas
de decirle que quiero quedarme a vivir aquí.

—¿Ves? Ya no tengo ese té espantoso. ¿En qué puedo ayudarte, Emilia? —me pregunta, y luego toma un sorbo de su taza.

—Estoy buscando a un chico.

—Ajá —dice con una expresión picarona.

—No se trata de eso —señalo avergonzada.

—Por supuesto que no —niega él seriamente.

—Se llama Gabriel Dinsen. Le gustan los mapas y ha estado aquí. Es un chico especial.

—No me cabe duda —dice el señor Isaac, sin dejar de tomar su té a sorbitos.

—Quiero decir MUY especial.

—¿Cuán especial?

—No sólo le gustan los mapas, también descubre islas perdidas y hace operaciones matemáticas con la velocidad de una calculadora.

Le digo que Gabriel es alto, que tiene el pelo castaño claro y los ojos grises. Intento ser lo más ecuánime posible para no caer en descripciones superlativas. A pesar de mis esfuerzos, el señor Isaac pregunta sonriendo:

—Es muy guapo, ¿verdad?

—Bueno, sí —afirmo sin mirarlo.

—Podrías haber empezado por ahí. Venía a menudo. Siempre alguna niña lo seguía y se quedaba vagando por la librería, esperando la ocasión para hablarle.

—¿Lo conoce? —apenas soy capaz de reprimir las ganas de ponerme a saltar.

—Bueno, conocerlo, conocerlo, no. Como te decía, siempre venía por aquí a preguntarme si me había llegado algún libro de mapas antiguos.

—¿Y encontró alguno?

—Sí. Un día me llegaron dos ejemplares de un libro de James Churchward, *Los hijos de Mu*. Pagó un precio muy alto por él.

La certeza de que Gabriel ha estado aquí me emociona. Por fin alguien me ha corroborado su existencia en este lado del mundo. Me quedo en silencio, detenida por el temor a plantearle la gran pregunta. Respiro hondo y disparo:

—¿Sabe cómo puedo encontrarlo?

Le explico que tengo su número de celular y su mail, pero ninguno de los dos funciona. El señor Isaac se rasca la nariz sin decir palabra y mueve la cabeza a uno y otro lado.

—¿No tendrá alguna seña de él anotada en su libro de ventas?

—¿Qué libro de ventas?

—¿No tiene un libro de ventas? —estoy al borde de la desesperación.

—Yo llevo todo esto solo. No tengo tiempo para llevar un libro de ventas.

—Tal vez recuerde algo que le dijo, no sé, algún comentario, algo…

—Recuerdo que traía el dinero en los bolsillos.

—¿Algo más? —indago cautelosa.

—Lo siento, Emilia, no me acuerdo de nada más. Pareciera ser importante para ti.

—Lo es —digo cabizbaja.

Me levanto del sillón y dejo la taza de té sobre el plato. El señor Isaac me mira entristecido.

—Espera —señala, y con su andar cansino desaparece por uno de los pasillos. Cuando está de vuelta, extendiéndome un libro, me dice:

—Toma, esto es para ti.

Es el libro de *Los hijos de Mu*. El corazón me da un salto.

—Debe ser muy valioso —balbuceo.

—Mucho mejor que esté en tus manos que ahí tirado empolvándose.

Le doy un abrazo y un beso en la mejilla. Tengo una idea.

—Señor Isaac, ¿le importaría que hojeara algunos libros?

—Por supuesto que no. ¿Qué libros buscas?

—¿Tiene novelas de enamorados?

—No muchas, y las que tengo son un poco añejas.

—No importa.

Al cabo de un rato el señor Isaac ha hecho una pila de libros para mí y me instala en una mesita junto a la suya. Ha escogido las grandes historias de amor de la humanidad, incluida *Rapunzel*, en una edición de 1902. Saco el cuaderno rojo que me dejó papá y entro en busca de las Primeras Palabras de Gogo.

Llevo aquí más de una hora y he de confesar que este asunto es bastante tedioso, y que ya no entiendo el gusto de Gogo. ¡Todo lo que se dicen los enamorados me parece tan ridículo!

Antes de irme le dejo al señor Isaac mi número de celular por si recuerda algo. Y quién sabe, tal vez Gabriel tenga la misma idea, y en un descuido de sus padres, también venga a buscarme a la Librería de Babel.

Los días que siguieron a la visita de Tommy y mamá, apenas llegábamos con Clara al jardín, yo buscaba a Gabriel desde la distancia. Era siempre Gogo quien se aproximaba a nosotras para invitarnos a compartir su pequeño reducto, que a decir verdad, aún no adquiría ni de cerca el aspecto de una huerta. Gabriel continuaba trabajando, pero de tanto en tanto se detenía y se sentaba junto a nosotros. En esos momentos, sentía su calor, aunque no nos tocáramos. Aunque nunca nos hubiéramos tocado. Pronto, sin embargo, parecía flotar en su propio mundo. A veces abría la libreta negra que siempre llevaba consigo, hacía un par de anotaciones y se levantaba a continuar con su labor. Era evidente que la conversación no se le daba bien. Prefería observarnos y escucharnos, mientras lidiaba con la tierra pedregosa de Las Flores.

—Este pedacito de jardín es como Lemuria, tu isla legendaria —le dijo Gogo a Gabriel una de esas tardes.

Nuestra Lemuria. Así bautizamos ese día a la seudohuerta de Gabriel y el pedazo de tierra que la rodeaba.

Cada día, en algún momento, llegaba Domi y se instalaba entre nosotros con una de sus seguidoras. Gabriel le pertenecía, como todo el resto de las personas y rincones de Las Flores. Su antigüedad y su belleza le otorgaban ese derecho. Nos escuchaba cinco segundos y luego intentaba monopolizar la conversación con uno de sus largos monólogos. Sin embargo, ya no le resultaba tan fácil. Con Clara y Gogo habíamos desarrollado nuestro propio código de intereses, y pronto Domi quedaba fuera. Una tarde ya no volvió. Era evidente que no formaba parte de nuestro grupo, y hasta ella fue capaz de verlo.

* * *

Uno de esos días, cuando llegamos con Clara al jardín, Gabriel nos aguardaba a unos metros de la puerta, apoyado en el tronco de un árbol. Estaba solo. Iba como siempre con su piyama y una camiseta negra, cuya imagen esta vez era una cabeza rodeada de números. Echó a andar con decisión hacia nosotras. Traía una bolsita de plástico en una mano.

—¿Y a éste qué le pasó? —preguntó Clara en un susurro. Yo levanté los hombros—. De verdad no imagino qué pudo haber visto en ti. Pero de que está prendado, lo está, mírale la cara.

—Hola —dijo él cuando estuvo frente a nosotras. Podía percibir su tensión.

Permanecimos en un silencio expectante, hasta que Clara lo rompió.

—Bueno, los dejo, de hecho tengo una entrada para la próxima función de *Rápido y furioso* en el cine de la esquina —dijo.

¡Era la primera vez que la oía hacer una broma! Se despidió de nosotros al tiempo que ambos reímos, mirándonos con timidez.

Me gustó la risa de Gabriel. Lo iluminaba.

—¿Quieres pasear un poco? —me preguntó, y se mordió el labio.

No había nada que quisiera más que caminar junto a él.

—Claro —afirmé en un tono casual para no parecer enloquecida de emoción.

La noche anterior, una lluvia tardía de primavera había removido la capa gris que suele cubrir el cielo de Santiago. Caminamos sin hablarnos rumbo al bosquecillo de pinos del fondo del jardín. Era la primera vez que estábamos solos, lejos de la mirada de Gogo y Clara. Había unas cuantas cúmulus, de ésas que al avistarlas desde la altura te hacen pensar que estás volando sobre algodón. Pensé comentárselo, pero el asunto de las nubes me remitía a papá. Y si algo tenía claro, era que debía sacarme a papá de la cabeza.

—Ah, lo había olvidado. Te traje esto —dijo de pronto, y me extendió la bolsa de plástico que llevaba en la mano—. Disculpa el envoltorio. Por más que insistí, no quisieron traerme un papel dorado con mariposas.

Había esperado algún mínimo gesto suyo todos esos días. Lo que fuera, una sonrisa cómplice, una palabra amable, y aquí estaba, con una expresión tímida y un regalo para mí en una bolsita de plástico.

—¿Qué es? —le pregunté con una emoción que me cortaba el aliento.

—Míralo.

Era una de sus camisetas negras con dibujos, pero en tamaño XS, con la misma fórmula que él llevaba tatuada en su cadera: $E=mc^2$.

—¡Es fantástica, Gabriel! ¿De dónde la sacaste?

—Una atención de ANGEL.

—¿ANGEL?

—Asociación Noroeste de Gastroenterólogos Eclécticos Limitados —dijo, y siguió caminando como si nada. Yo me eché a reír. Me quedé unos pasos atrás y tuve que correr para alcanzarlo.

—Quiero conocer a esos ANGELES —le dije, mientras él continuaba caminando con una sonrisa satisfecha.

Al poco andar, un grupo de chicos se acercó a nosotros con aire desafiante. Uno de ellos llevaba vendas en ambas muñecas.

—¿Y la princesa Gogo hoy no baja a palacio? —le preguntó a Gabriel el de las vendas. El resto se puso a reír con una risa impostada.

Gabriel se detuvo de golpe, los miró desafiante, sin decir palabra, y ellos echaron a correr.

—¿Cómo los aguantas? —le pregunté.

Se pasó el dorso de la mano por la boca y replicó:

—Estoy acostumbrado.

—Pero igual podrías decirles algo. Eres mucho más alto y fuerte que ellos.

—Al principio reaccionaba, sobre todo por Gogo. Pero me costaba mínimo una semana de castigo. El mismo Gogo me dijo que los dejara. Él ha vivido toda su vida así. Cuando yo llegué a Las Flores, Gogo llevaba dos semanas sin hablar con nadie. Se sentaba solo en el casino. En el jardín lo empujaban, lo tiraban al suelo, lo insultaban. Una vez un tipo lo agarró a patadas, pero lo expulsaron. Gogo vive en un barrio donde la mayoría de sus amigos a los diez años ya está traficando y consumiendo droga.

—No puedo imaginarme a Gogo en un lugar así.

—Imagínate lo difícil que es para él.

—Pero igual, es raro pensar que Gogo haya querido suicidarse. No sé, él tiene algo que nosotros no tenemos.

—Es muy simple: Gogo es el tipo más genial del mundo —dijo.

—¿Crees que tiene que ver con que sea homosexual?

Nunca habíamos dicho esa palabra.

—No —movió a uno y otro lado la cabeza con fuerza, como si quisiera darle más potencia a sus palabras—. Él es él. Gogo. Y punto.

—Yo creo lo mismo.

Seguimos caminando hasta alcanzar el muro.

—Te voy a mostrar algo —dijo apresurando el paso—. Pero tienes que prometerme guardar el secreto.

—Sí, sí, lo prometo. ¿También sería parte del paquete de atenciones de ANGEL?

—No precisamente, señorita. Éste es un secreto que pertenece a una asociación mucho más ultrasecreta, cuyo objetivo es neutralizar el control supremo de ANGEL. Se llama SARA.

—¿Es una chica?

—Nop. SARA responde al inspirador nombre de Sociedad de Almas Raras y Aladas.

Gabriel me estaba gustando, me estaba gustando más de lo recomendable para un chica en una clínica para trastornados.

El muro, cubierto de grafitis, debía tener al menos siete metros de alto y terminaba en alambres de púas, como en los campos de concentración. Era el muro que nos separaba del mundo. Avanzábamos entre los pinos que, movidos por la brisa de la tarde, emitían silbidos.

—Llegamos —señaló al cabo de unos minutos.

Miré de lado a lado y no vi nada.

—No puedes verlo, ¿verdad? Ése es el secreto. ¿Estás preparada? —me preguntó, empequeñeciendo los ojos con aire travieso.

Yo asentí.

Caminó dos pasos más, se detuvo, y se inclinó frente a unas pequeñas letras que decían:

With the beast inside there's nowhere we can hide

—Es una canción. ¿La conoces?

Negué con la cabeza. Entonces Gabriel cantó, no muy alto, y tampoco muy afinado:

I want to hide the truth
I want to shelter you
But with the beast inside
*There's nowhere we can hide.**

Me dieron ganas de abrazarlo. Había algo extraordinario en el hecho de que Gabriel estuviera cantando frente a ese muro para mí. Desprendió un ladrillo y luego otro, hasta que de repente, ¡había un agujero!

—Ven —me invitó, y yo me acuclillé a su lado.

Al voltearse, su brazo rozó uno de mis pechos. Fue un contacto breve pero intenso. Él hubiera podido pretender que nada había ocurrido, pero detuvo sus ojos en mí con una expresión desafiante que me aturdió. Para ocultar mi desconcierto, me recliné y miré por el agujero. Era una calle desierta de arbolitos recién plantados. Al frente había una retroexcavadora y una gigantesca grúa que descansaba con la cabeza gacha, como un animal de *Jurassic Park*. El resto era un descampado. Me era difícil dilucidar dónde estábamos. El día

---

* Quiero ocultar la verdad / Quiero protegerte / Pero con la bestia adentro / No hay lugar donde escondernos.

que el tío Nicolás me había llevado a Las Flores apenas había sido consciente de la dirección que tomábamos. Sabía que nos alejábamos de los confines de la ciudad, que entrábamos a una autopista y que luego salíamos de ella. Pero no me imaginé que estuviéramos en medio de la nada.

—Están construyendo un condominio. Cuarenta casitas. Todas muy bonitas —dijo Gabriel al cabo de unos segundos.

—¿Cómo sabes todo eso?

Rio. Otra vez esa risa que producía desajustes preocupantes en mis hormonas.

—Está ahí, en el cartel.

A un costado del sitio había un letrero gigantesco, en el cual se anunciaba el nuevo condominio que tendría cancha de tenis, alberca y casa club. No mencionaba, sin embargo, que sus vecinos serían un atado de chicos que habían perdido la razón. La grúa empezó a moverse llevando un gran bloque de cemento.

Gabriel esbozó una sonrisa y luego preguntó:

—¿Quieres que te diga algo? Pero me prometes no reírte.

—Lo prometo.

—Ok. Cuando miro esa grúa, lo que aparecen ante mis ojos son ecuaciones.

Sacó la libreta negra del bolsillo de su piyama y escribió:

$$\vec{F} = \frac{d}{dt}(m\vec{v}) = m\frac{d\vec{v}}{dt} = m\vec{a}$$

—No puedo ver simplemente una grúa.

—Estás bien loco, Gabriel.

—¡Claro que lo estoy!

—Y yo también.

—Y tú también.

Reímos. Entre nosotros podíamos usar la palabra «loco» como nos diera la gana. Nos pertenecía. Estábamos contenidos en ella y ella nos contenía.

Un camión cruzó la calle dejando una estela de polvo. El ruido de la construcción llegaba hasta nuestro reducto: gritos, máquinas, golpes. Una realidad ruda, precisa y práctica que prescindía de nosotros, que seguía su curso implacable, como el universo, como todo lo que estaba más allá del confín del muro.

Yo había apoyado mi mano sobre mi muslo y él puso la suya sobre la mía. Un cosquilleo subió por mi espina dorsal y mi corazón se puso a galopar sonoramente. Recordé su reticencia al contacto físico y la emoción se hizo aún más intensa.

—Podríamos salir caminando de aquí si quisiéramos —dije.

—¿De verdad crees que para salir basta con sacar un par de ladrillos?

—Sé que no es así, pero al menos podemos imaginarlo. Nadie puede quitarnos eso. Podemos imaginar lo que se nos plazca, incluso que estamos sanos. Que los putos padres no se mueren dejándote hecha un estropajo… —se me quebró la voz.

—Lo siento —murmuró.

Volvió a poner los ladrillos en su sitio y echamos a andar hacia nuestra Lemuria.

Cuando ya estábamos de regreso en los inocuos e inofensivos senderos dije:

—Yo quiero ser una chica normal. Ver mis series preferidas en Netflix y, ya sabes, hacer idioteces, como el resto.

—Yo nunca voy a ser normal —dijo entonces—. No porque no quiera. No puedo.

Aunque lo dijo de una forma neutra, como si anunciara el pronóstico del tiempo, sus palabras me golpearon y supe de inmediato que no debía seguir indagando.

¿Qué le había ocurrido para que pensara de esa manera? Estaban sus números y sus obsesiones. Pero todo eso no explicaba que no pudiera siquiera avistar un futuro. Lo miré de reojo. A excepción de su piyama, que lo hacía verse excéntrico y a la vez increíblemente sexy, no había nada en él que delatara la guerra que se llevaba a cabo en su interior, nada que diera señas de sus noches en vela, de su desquiciamiento. Y aunque traté de que no me importara, entendí que a pesar de todo lo que me gustaba, esa noción me producía temor y rechazo, como debía también producir repulsión mi desequilibrio en él.

Gogo, sentado en su silla de lona, leía y fumaba un cigarrillo. Levantó la vista y su rostro resplandeció al ver a Gabriel. Llevaba una camiseta amarilla girasol que nos recordaba que afuera había llegado la primavera. En el jardín de Las Flores no había flores ni tampoco árboles estacionales que nos lo señalaran.

—¿Todo bien? —preguntó, y dejó el libro sobre su regazo. Se dirigió a Gabriel con una suerte de desolación posesiva.

Gabriel se limitó a sonreír, con una de esas sonrisas suyas de medio lado que me agitaban.

—Por aquí todo bien, con excepción del Pelao. Lo tuvieron que encerrar porque trató de besar a una de las auxiliares. Un espectáculo bastante desagradable. Qué falta de control, por Dios —comentó Gogo, y aspiró su cigarrillo.

A pesar del entorno descuidado y de su silla que se caía a pedazos, con sus gestos elegantes y su entusiasmo, Gogo te transportaba a un lugar luminoso, como la cubierta de un crucero.

—Domi preguntó dónde te habías metido.

—¿Y qué le dijiste?

—Que estabas en el bosque con la Caperucita —se rio de sí mismo—. No. Le dije que no sabía, y se fue. Quedó bien claro que no le interesó para nada —señaló, mientras con su zapato, tan pequeño como el de Tommy, removía la tierra.

—Pero eso jamás estuvo en cuestión, Gogo —dijo Gabriel sonriendo, al tiempo que le tomaba el hombro. Se sentó junto a su silla playera y yo a su lado, abrazando mis piernas enfundadas en unos jeans que me quedaban grandes.

Unos metros más allá, Domi jugaba con las raquetas con una de las chicas de su séquito. De tanto en tanto nos echaba una mirada de serena avidez, como un pájaro que se dispone a descender de sus alturas y atacar. Llevaba una camiseta ceñidísima bajo la cual se movían sus magníficas tetas. Sus pezones sobresalían como dos cerezas. Era imposible no mirarla, pero Gabriel simulaba no verla. Ante tal espectáculo, mis tetas inexistentes ofrecían un panorama penoso. Era mejor dar cuenta del hecho que ignorarlo. Callar era dejar en evidencia mi derrota.

—Son espectaculares —dije.

—¿Qué? —preguntó Gabriel con un impostado aire despistado.

—Las tetas de Domi. Puedes mirarlas, Gabriel, no tiene nada de malo.

—Son intimidantes —dijo.

—Son una competencia desleal —señaló Gogo, y los tres reímos.

Las cúmulus habían desaparecido y unas pocas hebras se dibujaban en el horizonte. La tarde comenzaba a recular. Me recosté de espaldas con los brazos bajo la cabeza.

—Emilia —dijo Gabriel. Una sombra oscurecía su expresión—, me quedé pensando sobre eso que hablamos, lo de ser normal. Tal vez yo no quiera ser normal —su mirada se volcó hacia su interior.

—Yo tampoco —dijo Gogo—. Pero de todas formas sería un esfuerzo inútil.

—¿Qué quieres decir con eso? —le pregunté.

—¿Por qué creen que lloramos al nacer? —preguntó Gogo a su vez—. Es muy simple, lloramos porque entramos en este vasto manicomio. Y no necesitan decir nada, es Shakespeare —concluyó con una sonrisa complaciente.

—Tú estás perfectamente ok, Señor Frases Memorables —dijo Gabriel—. Los que no están para nada bien son los demás. Una vez leí el caso de una niña autista. Se llamaba Nadia. Tenía cinco años y podía dibujar como Goya. Sus sicólogos le daban vueltas y vueltas a cuál debía ser su tratamiento. Temían que si la «mejoraban», entre comillas, arruinarían su genialidad. Al final decidieron tratarla. Lograron que se comunicara, pero además de quedar con un serio retardo, perdió por completo su don. Yo no digo que lo mío sea un don como el de Nadia, ni de cerca. Pero esto que tengo, que no sabría cómo llamar, soy yo —dijo al tiempo que se golpeaba la cabeza con los nudillos.

Oímos la campana que anunciaba el fin del día en el jardín. Todos comenzaron a caminar hacia la casa iluminada por los últimos rayos del sol, que se levantaba imponente pero a la vez derrotada por el tiempo y el abandono. Debía de haber pertenecido hacía muchos años a una familia adinerada.

—Quedémonos hasta el final —sugirió Gogo—. Hasta que suene la última campana.

—Ésta era la hora en que teníamos que volver al aeródromo. Si se te hacía tarde, te tiraban una buena bronca y te multaban. Era lindo ver desde las alturas cuando se prendían las primeras luces. Ésta fue la hora en que el avión de papá se estrelló.

Bajé la cabeza, incapaz de seguir. Recordé el sol que se ponía tras la cordillera de la costa, los colores que se expandían en el cielo y su avión que caía. Gabriel se inclinó para mirarme desde abajo y rozó mi mejilla con sus dedos. Cerré los ojos. Sentí su calor. Me inundó una extraña paz. Pensé que si lograba aferrarme a ese calor, al calor del tacto de Gabriel, tal vez la oscuridad y la culpa desaparecerían.

Cuando voy saliendo de la Librería de Babel, diviso en el cielo un Pitts Special. Saco mi cámara y lo apunto, sigo su ruta hasta que está frente a mis ojos y entonces disparo. Pienso en mi Pitts Special, abandonado en el hangar, y siento unas inmensas ganas de verlo. Tal vez sea el momento. Ahora, antes de que se eche nuevamente el miedo sobre mí. Me regreso al paradero de micros y tomo una que pasa por el aeródromo.

Atravieso Santiago mirando por la ventanilla las calles ahogadas por los tacones y los rostros grises de los transeúntes. Al cabo de una eternidad, estoy allí. Me bajo de la micro y cruzo la calle. Por la cerca enrejada miro a lo lejos los dos gigantescos hangares y la torre de control que se levanta como una pieza de ajedrez en la extensión baldía. A sus pies, los aviones y avionetas parecen tomar el sol como una colonia de insectos. Es aquí donde he pasado la mayor parte de mi vida.

Y donde acabó la de papá.

Me acerco un poco más y alcanzo a ver a don Maximiliano con su chaqueta verde. Don Maximiliano, el guardián de todos los aviadores. Como siempre, camina entre los aviones con su bolso de herramientas colgado del hombro, mirándolos y pegándoles palmaditas cariñosas, como si fueran niños.

Permanezco inmóvil, mis manos bien agarradas a la reja de fierro, observando un mundo que ya no me pertenece. No es lo que tenía pensado. La verdad es que no sé qué es lo que tenía pensado.

Sigo con la mirada a don Maximiliano hasta que, como el Pitts del cielo, desaparece de mi vista. ¿Seré capaz algún día de pilotar nuevamente el mío? Camino a paso rápido hacia el hangar, pero mis pies me conducen al lugar donde cayó su avión. Una pequeña cruz descansa bajo la débil sombra del árbol más cercano. Un espino de flores amarillas. Las imágenes vuelven a mí, como en una pesadilla. Su avión cayendo, las llamaradas, el humo, los gritos, las sirenas y luego el frío.

Cuando don Maximiliano me ve, echa a andar hacia mí.

—¡Emilia! —grita emocionado, y me abraza. Es el abrazo de un hombre viejo y rudo—. ¿Qué haces aquí, pequeña?

Como yo no respondo, él se responde a sí mismo.

—Viniste a ver al Señor Especial, ¿verdad?

Es así como él llama a mi Pitts Special. Tiene la costumbre de ponerle nombres a los aviones que él más aprecia, y el mío es uno de ellos.

—Sí, sí —digo con una voz que apenas sale de mi garganta.

—Lo tengo en el hangar, ayer mismo estuvimos conversando. Me dijo que te echaba de menos —me mira con su sonrisa vieja y ruda, como su abrazo.

Caminamos en silencio hacia el hangar. De pronto lo veo, solitario en un rincón. Mi Pitts Special con su nariz roja y sus alas rojas y esa apariencia de personaje de historieta que me sedujo desde la primera vez que lo vi. Fue el regalo de uno de los socios más pudientes del Club de Aviadores a la chica más joven que había recibido hasta entonces su licencia de aviadora en Chile.

—¿Quieres subirte? —me pregunta don Maximiliano.

Me doy cuenta de que estoy temblando.

Pongo mi mano sobre una de sus alas cubierta de una delgada capa de polvo. Su contacto frío me estremece aún más.

Volar era dejar todo atrás. El colegio, los recreos, la soledad, los cuadernos pulcros de un mundo vacío, los ojos picando llenos de lágrimas, el agotamiento de ocultarme ante ellos.

Don Maximiliano se ha alejado de mí y simula interesarse por un Piper Cherokee estacionado a unos metros. Doy media vuelta y en un impulso que no puedo reprimir, me echo a correr hacia la salida del hangar.

—¡Muchas gracias, don Maximiliano! —grito desde la puerta, sin darle tiempo siquiera para despedirnos, y sigo corriendo hasta llegar a la calle.

Mi corazón late rápido, muy rápido. Me ahogo. Me siento en la acera. Estoy mareada y mi cuerpo está mojado por un súbito sudor frío. Con la vista fija en el cemento, sigo el espiral de baba plateada que ha dejado un caracol. Cuando me siento algo mejor, miro en mi cámara la fotografía que he captado del Pitts Special en vuelo. Yo nunca seré capaz de volar al Señor Especial otra vez.

Recuerdo la risa de papá, los motores resonando en la inmensidad, el cielo, las masas de nubes a través de las cuales nos asomábamos a mirar el mundo a nuestros pies.

Todo muerto. Todo enterrado.

El costo de pertenecer
a la novela de Gabriel

Una tarde, cuando Clara y yo nos disponíamos a sentarnos a la mesa del comedor de nuestro piso, Domi se acercó a nosotras secundada por su corte. Su preferida era ahora una anoréxica que había llegado hacía unos días. Iban tomadas de la mano. La chica llevaba un ceñido short de jeans sobre unas medias negras. Sus piernas no eran más gruesas que las ramas de un abedul. Domi se volteó hacia mí, me echó encima sus ojos afilados, como los de un ave de rapiña, y me empujó con violencia. Al caer, me di en la frente con la esquina de la mesa. En el suelo, Domi se abalanzó sobre mí, me torció el brazo y lo mantuvo sujeto contra mi espalda, mientras me tiraba del pelo y me gritaba: «puta, puta, puta». Se levantó y comenzó a patearme las costillas y las piernas. Las chicas gritaban e intentaban apartarla de mí. Mi frente sangraba. Al cabo de unos segundos, todo estaba cubierto de sangre. Un regimiento de auxiliares llegó al comedor. Domi se echó a correr, seguía vociferando: «puta puta», gritos que se perdían entre los de las internas. Un grupo de auxiliares logró atraparla. La arrastraron por el pasillo mientras ella gritaba y arrojaba patadas en el aire. Su bello rostro se había transformado en una aterradora máscara de Halloween.

Me hicieron tres puntos y me pusieron una venda en la cabeza. Mi cuerpo entero dolía. Un gigantesco hematoma apareció en mi pierna derecha. Los golpes me produjeron jaqueca y vómitos, y los siguientes días me los pasé dormitando y mirando nubes por la ventana del cuarto de enfermería donde me llevaron. La opresión en el pecho de los primeros días estaba de vuelta. En ocasiones despertaba gritando y las enfermeras me suministraban algún tipo de calmante, que me devolvía a un sueño pesado y agotador. Pensaba en Gabriel. Soñaba con él. Quería salir de ahí y del sopor de las drogas para verlo.

Domi quedó encerrada en el Cuarto de Reclusión. Seguía gritando y pateando la puerta. Durante dos noches éstos fueron los ruidos de fondo de nuestro piso. La realidad volvía a recordarnos que todo equilibrio es efímero. Basta que algo o alguien se salga del guión para que surja el lado oscuro con toda su crudeza.

El Cuarto de Reclusión es del tamaño del baño más pequeño de una casa pequeña. Tiene tan sólo una ventana que da hacia el corredor, una apertura cuadrada con doble vidrio. Es el ventanuco a través del cual doctores y hienas observan a los recluidos de turno. Es el único cuarto del piso que ostenta una puerta de verdad. En el Cuarto de Reclusión sólo hay una colchoneta. En las paredes se ven los arañazos de las chicas que pasaron antes por ahí. Tiene además otra particularidad: puedes ingresar por tu propia voluntad a gritar o a lo que sea. Cualquiera puede entrar a consolarte o a chillar contigo. Pero una vez que traspasas su puerta, ésta queda bloqueada y no puedes salir. Tienes que aguardar a que una auxiliar mire por el ventanuco y decida que tu crisis ha terminado. Yo estuve dentro una vez. Una tarde cuando vagábamos por el pasillo, Clara tuvo un ataque de angustia. En un impulso abrió la puerta y entró. Estaba inquieta y acelerada desde el día anterior, hablaba demasiado fuerte, decía improperios y caminaba abstraída, la cabeza gacha, como un topo cavando su camino. Yo la seguí. No podía dejarla sola. Cuando la puerta se cerró, se hizo una suerte de vacío, como si el cuarto nos hubiera engullido. Se golpeó la cabeza contra el muro y luego se puso a gritar, a gritar cada vez más fuerte. Traté de calmarla, como ella me había calmado tantas veces. «Tranquila, Clara, tranquila.» Pero no me escuchaba. Tenía los ojos rojos, perdidos. Me senté con las piernas apretadas contra mi pecho en un rincón del cuartucho. Sentí un miedo feroz de perderla, de perdernos en ese cubículo del infierno. También sentí miedo de que me hiciera daño. Parecía que otro ser se hubiese apoderado de su cuerpo. Al cabo de unos minutos una auxiliar entró al cuarto y me ordenó que saliera. En el pasillo, un grupo de chicas ya se había apiñado a mirar lo que ocurría. Salí corriendo y me encerré en nuestra pieza, pero los gritos y los ojos deshabitados de Clara no me soltaron hasta que la vi aparecer de vuelta, al día siguiente. Estaba dopada y durmió muchas horas.

Si al cabo de dos días dentro del Cuarto de Reclusión no te calmabas, te llevaban a Máxima Seguridad. Un sitio misterioso y temido dentro de la casa. Clau, una chica cuya abuela había sido torturada durante la dictadura de Pinochet, decía que en el cuarto de Máxima Seguridad tenían ratones, al igual que en las cámaras de tortura. Según ella, en estas cámaras, si no confesabas lo que ellos querían saber, te los metían por la vagina. Su abuela había sido una de las víctimas de tortura. Los ratones de su abuela la perseguían.

Dos días después, Domi seguía gritando. La sacaron del Cuarto de Reclusión y se la llevaron. Todas sabíamos dónde. Ya nadie pudo dejar de pensar en los ratones de Clau.

Sueño que corro en la oscuridad. Perros encadenados ladran a mi paso. Busco a Gabriel en ascensores malolientes y lúgubres, en sitios desolados, en galpones vacíos. Lo encuentro sentado arriba de un muro. Lo miro hacia lo alto y él me muestra las venas abiertas de sus muñecas. Grito, grito: ¡¡¡¡nooo!!!! ¡¡¡¡nooo!!!!

Me despierto. Mi pequeño gnomo de lana me mira desde su rincón de la cama. Los automóviles que zurcan la calle hacen vibrar las ventanas de mi cuarto. Estoy temblando. Apenas puedo respirar. Me rodeo con los brazos y me hago un ovillo. Sé que si no llego a tiempo, Gabriel lo intentará. Como yo lo hice. No fue difícil.

Cuando mamá me miraba con sus ojos enrojecidos, quería que hubiese sido ella quien partiera. La quería muerta a cambio de papá. O yo. Yo también podía morir. Entonces toda esa mierda se terminaría para mí. El silencio por fin. Le robé a mamá sus Somno, unos cuantos Percocet, otros tantos Propranolol, y los agregué a un coctel de quince aspirinas. Salí al jardín y me senté en nuestro viejo columpio con las pastillas en una mano y un jarro de agua en la otra. Me las tomé una por una, sin titubear, sin pensar. Después salí a la calle.

Caminé un par de cuadras. Me sentía mareada. Una parte de mí se compadecía de toda la infelicidad que contenía mi ser. Y la otra, la otra se maravillaba ante lo que había hecho. Mi visión se volvió difusa. Todo aparecía ante mis ojos sin contornos. Mis oídos zumbaban.

Oí la voz de alguien que decía:

—Niña, ¿estás bien?

Cerré los ojos. Estaba oscuro. No había nada allí dentro. Nada.

En el hospital me limpiaron el estómago con un tubo. Las náuseas eran casi insoportables. También el dolor. A través de ese tubo también sacaron mi ser, todo lo que yo había sido hasta ese momento. ¿Y luego? Luego vino la sensación de fracaso. También vino el alivio de estar viva. Si no hubiera salido a la calle ya estaría muerta. Pero salí. Y según el siquiatra, lo hice para que alguien me salvara.

Cuando volví a casa del hospital, me preguntaba si sería capaz de intentarlo otra vez. Las náuseas no me abandonaban y tenía una permanente sensación de que el mundo se comprimía sobre mí. Despertaba gritando y durante el día tenía alucinaciones. Nada grandioso, sólo ínfimas distorsiones de la realidad, confusiones. También palabras que se escapaban de mi memoria y me dejaban a medio camino de una frase. Cuando me acordaba de que yo había matado a papá, sentía un golpe en el centro de mi estómago que me dejaba sin respiración. Pero tal vez lo más difícil de sobrellevar era la noción de que volver a la normalidad, a una vida en la que papá estaba ausente, era una forma de traicionarlo. Cada día que pasara sería un día que nos alejaría de él, hasta que, sin darnos cuenta, ya no formaría parte de nuestra vida. Yo no podía permitir que eso ocurriera. Era el dolor de su ausencia lo que me daba la dimensión del amor que había sentido por él. Descubrí que si me pinchaba con un alfiler en el mismo sitio, llegaba un momento en que se hacía insoportable. También ponía las palmas de las manos sobre el calentador de la cocina hasta que no soportaba más y tenía que ponerlas bajo el chorro de agua para calmar el dolor. Un día terminé en urgencias. En esto me encontraba cuando el psiquiatra que me habían asignado en el hospital decidió internarme.

Algunos adultos dicen «Es tan joven…», con una expresión de horror y alivio de que no sean sus propios hijos quienes lo intentaran. Pero lo que no entienden es que para nosotros la vida es lo que está ocurriendo AHORA. No nos interesa aferrarnos a las cosas pasadas, y el futuro no está aún AQUÍ. Entonces, al final, vivimos esto que tenemos, y si lo que tenemos nos hace sufrir hasta lo indecible, no nos resulta difícil abandonarlo.

Escucho la voz de Tommy.

—¿Por qué tienes la luz prendida? —me pregunta, al tiempo que se mete a mi cama.

—Ya me dormía —digo y apago la luz. Tommy se arrima a mí.

—Cucaracha, te eché de menos —me dice.

—Y yo a ti, mi chiquitín —lo abrazo.

—Oye, ya no soy ningún chiquitín. Si quieres te muestro mi pirulín, ya casi está como el de papá.

Resulta poco probable, pero no tengo ningún interés en averiguarlo.

—¡No! —exclamo—. Tu pirulín tienes que guardarlo para ti, por lo menos por un buen tiempo más. ¿Oíste?

—De acuerdo —dice—. Me puedo quedar aquí, ¿verdad?

Lo abrazo aún más fuerte, sin decir palabra. Él no tiene idea cuánto me alivia que esté conmigo.

Estuve en la enfermería una semana después del ataque de Domi.

—Tu novio ha estado en la puerta del piso todos los días preguntando por ti —me dijo Gaby cuando me encontré mejor.

—Yo no tengo novio —señalé.

—Bah, él no parece pensar lo mismo —miraba un informe que traía en las manos. Levantó la vista y sonrió—. Y es muy guapo. Deberías considerarlo.

Era inusual ver sonreír a Gaby. La idea de que Gabriel hubiera estado preguntando por mí me llenó de felicidad y a la vez de temor.

Me enteré de que Domi aún no aparecía y que la nueva anoréxica había excedido el límite mínimo de peso y la habían hospitalizado. Un par de Catatónicas también había partido. Nada de eso me importaba, lo único que quería era ver a Gabriel. El primer día que estuve de vuelta en el piso bajamos juntas con Clara al jardín.

Antes de salir entré a nuestro baño y lo que vi reflejado en el espejo no es que no me gustara, sino que era simplemente impresentable. La venda que cubría la mitad de mi cabeza me hacía ver como una alcohólica después de resbalarse con su propio vómito.

—¡Claaaaaara! —grité.

Clara, que me esperaba jugando con unos naipes sebosos un solitario sobre su cama, acudió corriendo al baño.

—¿Y tú pretendes que salga así? Parezco una santona, una refugiadadeguerra, unamiserable, unaputamaltratada...

Iba a seguir, pero Clara me detuvo.

—No se te entiende nada lo que dices. Y si te pareces a algo, yo diría que a una paleta.

—¿Una paleta? ¿Y con eso pretendes animarme? Además, ¿quién come paletas? ¡¡¡Nadie!!!

Estaba lo que se llama histérica.

—Sólo intentaba decir la verdad —se disculpó Clara muy seria y luego se echó a reír.

—Ok. Entonces ayúdame a arreglar esto.

Clara me instó a que me pusiera ropa limpia, me pintara los labios y ordenara en una trenza las cuatro mechas que se salvaban de las vendas. No era mucho más lo que se podía hacer por mí.

* * *

Afuera el aire era fresco y suave. No me había dado cuenta de cuánto echaba de menos ese jardín sin gracia de pinos añejos y senderos de grava por donde vagábamos día tras día. Unas pocas flores silvestres habían crecido entre los hierbajos. Un pájaro negro abrió sus alas sobre una rama y se echó a volar. Pero sobre todo, estaba el cielo. Gigantesco, infinito.

Pensé que la naturaleza con su perfección estaba ahí para sí misma, para deleitarse de su existencia, y le importaba un comino si nosotros la mirábamos o no, mientras la dejáramos en paz. Pensé también que quizá podía aprender algo de ella, pero no sabía muy bien qué.

Gogo y Gabriel nos aguardaban en Lemuria.

Cuando estuvimos frente a ellos, me di cuenta de que en lugar de sus acostumbrada piyama, Gabriel llevaba jeans. Se veía increíblemente guapo.

—¿Y esto? —dije señalándolos.

—Bueno, pensé que te gustarían —dijo ruborizado.

—Se los ha puesto todos los días esperando a que bajes —lo delató Clara.

—¿Por qué tienes que delatarme? —intentó bromear, aún abochornado.

Me encantó que se hubiera puesto los jeans para mí y me encantó que enrojeciera. Cuando el Sabelotodo se volvía inexperto y un poco ingenuo, sencillamente me trastornaba.

—Me gusta tu venda, te hace ver como una heroína trágica —observó Gogo y me susurró al oído: «Pensé que Gabriel no lo soportaría».

—Ahora ya no vamos a poder llamarte el Príncipe del País de las Piyamas —bromeé.

—¡No sabía que me llamaban así!

—Lo hacíamos a tus espaldas —señaló Gogo.

Se sentía bien. Se sentía bien estar junto a mis amigos. Gabriel me miraba atento y ansioso, como si en cualquier momento yo pudiera desaparecer otra vez. Gogo se sentó en su silla de lona. Clara, Gabriel y yo nos tendimos en el pasto. Charlamos como si nada hubiera ocurrido. Así debía ser. Algunos caían y desaparecían, otros sobrevivían. Yo había sobrevivido. Y no había más que decir. Gogo nos hablaba de las primeras palabras entre Romeo y Julieta.

—¿Me van a creer que con todo el recato de la época, la primera vez que Romeo vio a Julieta le dio un beso con todo?

—¿Cómo lo hizo? —preguntó Gabriel, interesado.

—¿Quieres la fórmula? —rio Gogo.

—Quién sabe, puedo necesitarla —afirmó Gabriel mirándome, y esta vez fui yo quien se ruborizó.

—En las palabras de Shakespeare todo suena muy decoroso, pero básicamente la sedujo.

—Estás bromeando —señaló Clara.

—No, en serio. Empieza diciéndole que si por un descuido llegara a tocarla, así nomás, sin darse cuenta, él borraría «tan ruda falta con un tierno beso».

—No puede ser tan descarado —rio Clara.

—Pero Julieta no lo hace nadita de mal. Cuando Romeo como que se arrepiente de ser tan sinvergüenza y le recuerda que ella es «su adorable santa», ella le dice que el santo siempre está dispuesto a acceder a las plegarias de sus fieles. Y entonces, plaf, Romeo le planta el beso.

—Si entiendo bien, primero le dices que está buena, que la quieres besar, luego te echas para atrás y entonces ahí, cuando ya aparentas haberte resignado a tu derrota, la chica accede —concluyó Gabriel.

—Más o menos eso.

—Son unos farsantes. Nosotras no somos así —dijo Clara.

—¿Y cómo son ustedes? —preguntó Gabriel.

—Eso tendrás que descubrirlo tú —dije. Me estaba volviendo una descarada al más puro estilo de una heroína clásica.

—Gogo, ¿por qué te gustan las primeras palabras? —le pregunté.

—Porque después todo se complica. No hay historia de amor sin complicaciones.

—¿Verdad? —preguntó Clara con la nariz fruncida—. Pero eso es súper poco alentador para alguien que está recién empezando, Gogo.

—Lo siento, señorita principiante —miró a Gabriel, y luego dijo—: ¿No vas a darle tu regalo a Emilia?

Gabriel tomó un rollo de cartulina sujeto con una cinta azul que estaba bajo la silla de Gogo, y me lo pasó sin mirarme.

Desprendí la cinta y desenrollé la cartulina lentamente. Era el mapa del viaje de Amelia Earhart que papá había dibujado en mi cuaderno, pero muchísimo más completo y lindo. Parecía uno de esos mapas antiguos, con barcos, animales, soles, lunas, montañas y ríos. Clara y Gogo parecían sostener la respiración, tan extasiados como yo.

—Es precioso, Gabriel —balbuceé, y le di un beso en la mejilla.

—Y aquí está Lemuria —señaló él con aire triunfal. Tomó mi mano. Su calor me estremeció.

—¿Y qué es Lemuria en realidad? —preguntó Clara.

—¿De verdad quieren escuchar? —preguntó Gabriel—. ¿No les da flojera?

—¡Por supuesto que queremos escuchar! —exclamé, y él me sonrió. Como siempre, una de las comisuras de sus labios se levantó un poco.

—Me imagino que todos habrán escuchado hablar de la Atlántida, el continente que se hundió en el mar, ¿verdad? —despejó el pelo de su frente.

Todos asentimos.

—La especulación de su existencia se remonta incluso a Platón —agregó Gogo, con ese tono de profesor que adquiría a veces con el propósito de divertirnos.

—Es muy simple. Hace 225 millones de años la superficie terrestre era un solo continente, Pangea. Esta superficie comenzó a escindirse, hasta transformarse en los continentes como nosotros los conocemos. Es obvio pensar que en este proceso hayan existido continentes, islas, etcétera, que después desaparecieron, y otros que quedaron. Algunos incluso perdidos en mitad de los océanos. Uno de estos continentes es Lemuria. Estaba situado entre Australia, Nueva Guinea, las islas Salomón y las islas Fiyi. Algunos estudiosos piensan que puede haber incluso unido África con Asia. ¿Se entiende lo que digo?

—Absolutamente —declaró Clara.

—Bueno, es probable que se haya hundido por inundaciones o por explosiones volcánicas, o por las dos cosas. Sólo quedó una isla tan pequeñita, que ningún instrumento ha podido detectarla hasta ahora: Lemuria. Este pedazo de tierra se levanta sobre el mar alrededor de dos metros, y no tiene más de trescientos metros cuadrados de superficie, pero hacia el fondo tiene al menos tres kilómetros, una profundidad suficiente como para producir anomalías en las corrientes. Estas anomalías sí han sido detectadas, pero como son tan insignificantes, nadie les ha prestado atención. Los geógrafos y científicos jamás podrían imaginar que ahí hay un trozo de un continente perdido. No están preparados para aceptarlo.

—No como nosotros —puntualizó Gogo, y le golpeó el antebrazo con el puño.

—Obvio, no como nosotros —recalcó Gabriel—. Bueno, el punto es que he visto varios mapas, pero hay uno, dibujado en el siglo XIX por un abad francés, donde aparece la isla. No estoy seguro aún, estoy estudiándolo, pero al parecer las coordenadas de Lemuria son las mismas de Amelia y Noonan, cuando Betty escuchó sus voces por última vez. Es increíble,

¿verdad? En el mapa que te dibujé, Emi, la forma y la posición de Lemuria están basadas en la cartografía de este abad.

Imaginé a papá escuchando su relato y la excitación que le hubiera producido. Tuve la impresión de que todo estaba unido por conexiones invisibles en las cuales convivían a la vez la luz y la oscuridad.

Los ojos de Gabriel, con su implacable inteligencia, se detuvieron en mí.

—¿Tienes frío? —me preguntó.

—Un poco.

Se acercó más, tomó mis manos y con su aliento calentó mis dedos. Luego continuó:

—El punto es que Lemuria está fuera de todo trayecto, y por eso nadie ha vuelto a verla en siglos. El hombre, al final, siempre recorre los mismos caminos. Para hacer un descubrimiento, hay que entrar donde nadie lo ha hecho antes. Y, como dice Gogo, para eso hay que estar un poco loco —río.

Tuve el impulso de acariciarle la cabeza, tocar la curva de sus labios. Guardó silencio mientras los tres continuábamos comentando las múltiples dimensiones que nos había abierto. Recostado en el pasto, una pierna sobre la otra, los brazos bajo su cabeza, observaba el cielo como si su mente estuviera ya buscando otras relaciones, nuevos caminos por donde echar a andar.

—Gracias por tu regalo, Gabriel, es precioso —dije.

Él se frotó el cuello inclinando la cabeza, y me susurró al oído:

—Te lo mereces, Emilia Agostini.

Nuestras mejillas se rozaron y advertí cómo su deseo de mí se encendía. Mi corazón se aceleró, todo se aceleró.

La vida, con su solo roce, se ponía a marchar más rápido.

La fosa de Gabriel
y el señor Gogo Mann

Recuerdo la primera vez que vi el lado oscuro de Gabriel. Llegábamos al jardín cuando lo divisamos en Lemuria, trabajando su huerta. Nos aproximamos un poco más. Levantaba la pala y luego la azotaba en el suelo con una fuerza que hacía retumbar la tierra. Podía ver su expresión reconcentrada y la rabia que despedía en cada golpe. Le sudaba el torso y la cara. Gogo apareció ante nosotras.

—Es mejor que no se le acerquen —nos dijo—. No sé qué le pasa, no ha querido hablar. Lleva una hora así.

—¿No deberíamos llamar a alguien? —sugirió Clara.

—No. Lo van a llenar de fármacos. Esperemos a que se le quite.

En el jardín de Las Flores había tan sólo tres cámaras y ninguna de ellas alcanzaba a enfocar el sitio que Gogo y Gabriel habían elegido para hacer su huerta. De todas formas, bastaba con tomar ciertos senderos para esquivarlas. Había oído que las clínicas para chicos ricos estaban llenas de cámaras y que incluso cada interno tenía un chaperón particular. Pero no en Las Flores. El principio ahí, supongo que un poco por conveniencia y otro poco por convicción, era que nos cuidáramos los unos a los otros. A los terapeutas les encantaba hablar de eso en sus sesiones. La premisa consistía en que el compromiso con el «otro» nos ayudaría a entender la responsabilidad que teníamos con nosotros mismos.

Gogo se sentó con nosotras e intentamos hacer como que nada ocurría. Hablamos de la comida asquerosa, de las hienas, de los Catatónicos Babosos, y de tanto en tanto, echábamos miradas hacia la huerta, donde Gabriel seguía con su pala, haciendo ahora un hoyo que ya adquiría dimensiones preocupantes, como si cavara una fosa para enterrarse. De repente comenzó a darle patadas al montón de tierra que había acumulado y a gritar. Tomaba con la mano un terrón y lo arrojaba al hoyo, y luego volvía a dar patadas y a gritar, tiraba, gritaba, pateaba, tiraba, gritaba, pateaba, una y otra y otra vez.

—Tenemos que detenerlo —dije temblando, y me levanté de un salto.

—No —me dijo Gogo, y me sostuvo del brazo—. No. Déjalo.

—¡No sigas, Gabriel, no sigas, por favor! —grité, mientras Gogo me sujetaba con fuerza.

Gabriel se detuvo y se volteó hacia nosotros. Sus ojos estaban vacíos, su rostro tenso y crispado. Luego se tiró de rodillas en el borde de su gran agujero y se quedó ahí mirándolo. Al menos se había detenido.

—No es la primera vez —dijo Gogo—. Lo necesita.

Cuando al rato sonó la campana para que retornáramos, Gabriel se levantó, se secó el sudor de la frente y echó a andar hacia la casa sin mirarnos. Tuve la impresión de que era una ola que se había retirado sobre sí misma y todo lo que quedaba de él era la arena negra.

* * *

Al día siguiente Gabriel tenía un aire melancólico, pero era evidente que la crisis había quedado atrás. Mientras parloteábamos como de costumbre en nuestra Lemuria, se detuvo en medio de una frase y nos miró uno a uno con los ojos poseídos por la emoción.

—¿Qué pasa? —le pregunté. Gabriel movió la cabeza a un lado y a otro en gesto de negación.

—¿Qué pasa? —inquirió Gogo a su vez.

—Nada. Es que siempre pensé que mi destino era estar solo.

Gabriel nos contó entonces que la soledad para él no había sido una opción, sino una necesidad. Cuando estaba con otra gente le costaba respirar, su corazón latía con fuerza y la angustia se apoderaba de él.

—Estaba seguro de que mi soledad me hacía superior a los demás —continuó—. Mis padres, mis tíos, mi primos, todos estaban siempre hablando, como gallinas. Es así como yo los veía. Dentro de mi cuarto, en cambio, todo me parecía más intenso, más profundo —levantó los ojos y nos miró—. Pero ahora no estoy tan seguro.

Todos sabíamos a qué se refería.

—Escucha esto —dijo Gogo. Y luego levantó un dedo para que nos calláramos—: *Los sentimientos del hombre solitario son al mismo tiempo más confusos y más intensos que los de la gente sociable; sus pensamientos son más graves, más extraños, y siempre tienen un matiz de tristeza. La soledad engendra lo original, lo atrevido y lo extraordinariamente bello.*

—¿Y eso? —preguntó Clara, abriendo la boca en señal de asombro.

—Thomas Mann —dijo con satisfacción.

Gogo no dejaba nunca de sorprendernos.

—No sabe cuánto me alegro de conocerlo, señor Gogo Mann —dijo Gabriel. Se acercó a él y lo estrechó.

Mientras los veía abrazarse, pensé que yo no quería estar más sola, aunque eso significara jamás tener una idea brillante.

—Gabriel, ¿qué es un algoritmo? —le preguntó Clara una tarde, mientras conversábamos en nuestra Lemuria.

—¿Bromeas?

—Quiero saber. En serio.

—Yo también —señalé.

—Y yo —agregó Gogo.

Gabriel se quedó pensando por un segundo, tal vez en la forma más fácil de explicarle a gente como nosotros un tema que para él resultaba tan natural como respirar.

—A ver, básicamente un algoritmo es una sucesión de instrucciones que debes seguir para solucionar un problema. Es también una manera de pensar. Todo puede llevarse a la forma de un algoritmo.

—Eso es imposible —dijo Gogo.

—Pero si todos los usamos. Por ejemplo, la multiplicación y la división son algoritmos. Claro, hay otros más complejos. Un buen algoritmo puede valer millones. Yo hice uno para definir las mareas.

—¿Tú? —preguntó Clara, riendo.

—Sí, yo, yo mismito —dijo, y todos reímos.

—¿Y te pagaron por él? —preguntó Gogo.

—Bastante —dijo Gabriel—. De hecho, ¿se acuerdan cuando les hablé de Lemuria?

Todos asentimos.

—Justamente en eso estoy trabajando ahora, en un algoritmo que defina dónde cayó el avión de Amelia.

—¿Y eso se puede calcular?

—Obvio, es cuestión de considerar las variables adecuadas. Según mi algoritmo, Amelia cayó a cuarenta metros de Lemuria.

—Pero, Gabriel, para eso tendrías que estar seguro de que Lemuria existe —dijo Gogo. Se tocó la gruesa cicatriz que cruzaba su frente, como recordando que estaba ahí. Era un gesto frecuente en él.

—Es verdad —declaró Clara—. Hablas de todo esto con una convicción casi sospechosa.

—Llevo años estudiando los lugares legendarios, y Lemuria es uno de los más interesantes —replicó Gabriel con seguridad—. Desarrollé dos algoritmos que están relacionados entre sí. Uno prueba la existencia de Lemuria, y el otro que el avión de Amelia cayó ahí. Combiné el tiempo que Amelia estuvo en el aire, la distancia que recorrió, el momento exacto cuando Betty perdió contacto con ellos, y otras tantas variables. Recuerden que las últimas palabras que alcanzó a escuchar Betty fueron: «Déjate flotar, ya casi llegamos». Esas palabras sólo pueden significar una cosa: que Amelia y Noonan estaban a punto de llegar a tierra. Y esa tierra era Lemuria.

—¿Pero cómo durante todos estos años a nadie se le ocurrió? —preguntó Clara—. Es súper raro. De seguro que la marina estadounidense los buscó por todas partes.

—Me encanta que hagas esa pregunta, Clara, porque de eso se trata todo, todo, todo —señaló Gabriel con vehemencia—. La realidad está compuesta por mil dimensiones, y los humanos sólo alcanzamos a percibir algunas de ellas.

Yo me había quedado en silencio. Asimilando sus palabras.

—Gabriel, ¿te das cuenta de lo que hiciste? —dije de pronto—. ¡Probaste la existencia de una isla legendaria y, además, resolviste el enigma más grande de toda la historia de la aviación! ¿Te das cuenta? ¿Te das cuenta? —repetí casi gritando—. Vamos a encontrar Lemuria —continué exaltada—. Imagínate, cuatro chicos salen a buscar la tierra perdida donde cayó Amelia Earhart. Será una bomba. Todos querrán ser parte de nuestro proyecto.

—¡Emilia! —me llamó la atención Gabriel—. Cuatro loquitos de Las Flores emprenden un viaje en busca de los restos de Amelia Earhart, que los gobiernos de al menos cinco presidentes de Estados Unidos no pudieron encontrar —puso los ojos en blanco y movió la cabeza a un lado y otro.

—Yo no lo encuentro nada loco —dijo Clara—. Es increíble. Definitivamente quiero ser parte de este proyecto.

—¡Y yo! —exclamó Gogo.

—Bueno, es cierto que Lemuria existe y probablemente es el único pedazo de tierra donde el ser humano no ha puesto nunca los pies —concedió Gabriel.

—Y nosotros cuatro seremos los primeros en poner nuestros piececitos ahí —señalé.

—Si usted lo dice, señorita Agostini.

Sí. Estaba decidido. Encontraríamos Lemuria y saldríamos todos juntos del cerco de la soledad.

Echada sobre mi cama, abro *El libro de Mu* que me regaló el señor Isaac. Recorro sus mapas y dibujos. Me interno en el mundo de Gabriel. Descubro que el continente de Mu es pariente de Lemuria y que a menudo ambos nombres se refieren a la misma tierra. Según unas antiguas tablillas indias que hablan del origen de la humanidad, la primera aparición del hombre se produjo en el continente de Mu. Se habla también de una energía activa en las ruinas sumergidas de Mu, e incluso se aventura la posibilidad de una ciudad en las profundidades del mar, habitada por hombres que han desarrollado los bronquios de los peces.

Mu. Lemuria. La isla que encontraríamos juntos con Gabriel. Recuerdo la conversación que tuve con el doctor Canales, la misma mañana que el tío Nicolás me fue a buscar a Las Flores.

Era nuestra última sesión. Una vez fuera, tendría que ver a otro doctor.

—Quiero que escuche muy bien lo que tengo que decirle, Emilia. ¿Recuerda el sueño que tenían con Gabriel?

—¿Se refiere a lo de llegar a Lemuria? —le pregunté en un tono sarcástico.

—Exactamente.

—Pero ésa era una idea ridícula.

—A mí no me parece loca en absoluto. Si usted logra echar a andar ese viaje, y conociéndola ahora sé que lo hará, Gabriel, en el lugar que esté, se va a enterar. Es la única forma de que él sepa que usted sigue a su lado, que no lo ha abandonado. Eso lo ayudará a sanarse. Usted vio al chico sensible, divertido y generoso que es. Ése es el Gabriel que usted tiene que rescatar.

—Es que sin Gabriel no puedo. Todo pierde sentido —murmuré.

—En eso está equivocada. El proyecto de ustedes ahora tiene más sentido que nunca. Piénselo. Piénselo con calma —me dijo—. Era el sueño de su padre y es el de Gabriel. También es el suyo.

Distinguí la emoción en su voz. Eso no me lo esperaba. El doctor Canales me hablaba desde el corazón.

¿Será en el mío donde tengo que recibir sus palabras?

Recuerdo que papá siempre decía que el corazón no tiene miedo ni resentimientos ni dudas. La que está llena de temores es siempre la PUTA CABEZA.

Miro por la ventana de mi cuarto, en el jardín mi columpio se mece con el viento. No hay nubes, pero el cielo parece demasiado viejo y pesado para sostenerse en lo alto.

Me impulso hacia adelante en mi columpio y por un segundo permanezco en el aire. Luego toco tierra, y vuelvo a impulsarme. He hecho esto desde que tengo uso de razón. Es como si el tiempo se hubiera detenido. De pronto siento la vibración de mi celular en mi bolsillo. Es un número que no conozco.

—¡Hola, hola! —grito.

La línea se corta al instante. Aguardo con el teléfono en la mano que vuelva a sonar. Tal vez sea Gabriel. Yo sé que no tiene mi número, pero él es un genio, y no me sorprendería que lo hubiera conseguido. Observo la pantalla, expectante, y luego se apaga. Los segundos transcurren lentamente, arrastrándose. Suena otra vez, contesto.

—¡Gabriel, Gabriel! —grito, mientras al otro lado suena un tuuuuuuut que taladra mis oídos con su distancia.

Marco el número una y otra vez, pero no alcanza a conectar cuando se corta. Es como si proviniera de otra galaxia, o no existiera.

¿Y si el doctor Canales estuviera en lo cierto y lo que tengo que hacer es encontrar Lemuria?

Recuerdo las palabras de una mujer que conocimos con papá y el tío Nicolás en una feria de aviación en Seattle. Se llamaba Linda Finch. Con papá nos interesamos en ella porque en 1997, el año en que yo nací, hizo el viaje de Amelia Earhart en un avión igual al de ella: un Lockheed Electra. Salvo que el Lockheed de la señora Finch había sido adaptado con toda la tecnología de nuestros tiempos. Después de la cena, Linda Finch se acercó a nosotros. Iba vestida como aviadora y era casi tan guapa como Amelia. Alguien le había comentado que yo, a mis trece años, ya pilotaba el avión de papá. Le contamos que nosotros también soñábamos con hacer el viaje de Amelia. Según la señora Finch, fueron las palabras de la propia Amelia las que la instaron a desafiar los peligros del viaje. No puedo reproducirlas exactamente, pero lo que Amelia dijo, en esencia, es que no hay límites en lo que podemos lograr, y que en el camino se puede cambiar el mundo, hacerlo mejor; sólo necesitamos ser honestos, esforzarnos, no cejar y no caer derrotados por nuestros propios miedos. Con el tiempo, sus palabras me sonaron huecas. ¿Qué es eso de ser honestos, esforzarnos, cambiar el mundo y nunca cejar? Jajajaja. Suenan al himno nacional de algún país autoritario, o peor aún, a las peroratas de la tía Leti. Pero de pronto, mientras observo el mapa de Gabriel colgado en mi pared, ya no me parecen tan imbéciles.

¿Fue acaso esto lo que pensó papá cuando se subió a su avión esa tarde? Tal vez todo este tiempo me he sentido responsable de algo que al final fue decisión suya, inspirada por la misma fuerza de Amelia y de Linda Finch, la misma que me entregó para que prosiguiera el camino que él había emprendido.

Lo más difícil del primer viaje de Amelia para atravesar el Atlántico fue conseguir el avión y el financiamiento. Que alguien le creyera. Lo que necesitaba era un golpe de suerte. Y un día llegó. Una señora millonaria llamada Amy Phillips Guest, a espaldas de su familia, decidió hacer ese viaje. Quería partir desde Nueva York y aterrizar nada menos que frente al Parlamento inglés. Tenía cincuenta y cinco años y una fortuna ilimitada. Compró un avión y lo mandó a preparar para el viaje. Cuando su familia la descubrió, le rogó que no lo hiciera. Era vieja e inexperta, y lo más probable era que terminara ahogada. Lo pensó bien y decidió que su familia tenía razón. Pero de todas formas quería que la primera mujer que cruzara el Atlántico fuera una estadounidense. Pero ¿quién? Le pidió a su abogado que buscara a la correcta por todos los Estados Unidos. Quería no tan sólo que fuera una piloto experimentada, sino también alguien de quien el pueblo estadounidense pudiera sentirse orgulloso. Una mujer elegante y educada. No se demoraron mucho en llegar a Amelia, que en ese entonces, para pagarse las horas de vuelo, trabajaba como visitadora social. Todos quedaron deslumbrados con ella. La señora Phillips le encomendó su súper avión y Amelia fue la primera mujer en cruzar el Atlántico. El resto es historia.

Mi señora Amy se llama Linda Finch, de San Antonio, Texas. Antes de arrepentirme, marco el número de celular del tío Nicolás.

—¿Tienes un minuto para hablar? —le pregunto cuando oigo su voz.

—Todos los que quieras —me responde con su acostumbrado buen humor.

Le cuento entonces de Lemuria, de Gabriel, de su mapa.

—Quisiera hacer ese viaje. Es la única forma de encontrar a Gabriel —concluyo, con toda la convicción de la cual soy capaz.

—Era también el sueño de tu papá —agrega el tío Nicolás.

Me siento en el borde de mi cama. Respiro hondo para coger Las Fuerzas del Universo de la tía Leti.

—Pero si lo piensas bien, ese viaje ha sido hecho por un montón de aviadores. De lo que yo estoy hablando es de algo muchísimo más grande —señalo con la determinación de una guerrera.

—Pero ¿cómo puede Gabriel estar tan seguro de que existe Lemuria? —pregunta el tío Nicolás.

Me levanto de la cama y comienzo a dar vueltas en redondo por mi cuarto.

—Lo que queda de Lemuria. Porque hoy es tan sólo un islote, un pedazo de tierra. Gabriel hizo cálculos matemáticos que lo comprueban de forma definitiva y, además, dibujó un mapa donde está todo muy claro. ¿Qué piensas?

Con la mano libre doy tres puñetazos en el aire.

—Que es una locura. Pero que es fantástico —replica el tío Nicolás al instante—. Ya se me ocurren varias ideas. Para empezar tenemos que conseguir un *sponsor* y otras miles de cosas. Pero nada imposible, mi querida Emi.

—¿Recuerdas a la señora Finch? —le pregunto entonces.

—¿La que se creía Amelia Earhart?

—Esa misma —río—. La señora Finch tiene un avión. Y ama a Amelia tanto como nosotros.

—¿Insinúas que le pidamos su avión?

—¿Y por qué no? —le pregunto, y vuelvo a dar otros tres puñetazos en el aire.

—Para empezar, quiero ver ese mapa. ¿Lo tienes? —me pregunta entusiasmado.

—Por supuesto. Lo estoy mirando en este mismo momento —señalo.

—Entonces dile a tu mamá que esta noche prepare pollo arvejado, porque voy a comer con ustedes.

El corazón me late a toda velocidad.

No sé a quién estoy engañando. No soy siquiera capaz de subirme a mi Señor Especial. Pero lo que sí sé es que si renuncio, todo estará perdido.

—¿Quieren que les diga algo? —preguntó Gogo una de esas tardes en que todos, echados en nuestra Lemuria, conversábamos animadamente—. Extraño la noche, las estrellas —luego recitó—: *Negrura luminosa que vendrás algún día a cortar las raigambres de nuestra soledad.*

Como nadie agregaba algo, puntualizó:

—Neruda, chicos, Neruda.

—Ah —dijimos todos, envidiosos de sus conocimientos y avergonzados de nuestra ignorancia.

Permanecimos callados. Gabriel había tomado mi mano y yo apenas podía concentrarme en otra cosa que no fuera en el hecho de que Gabriel HABÍA TOMADO MI MANO. Aun así, supe que las palabras de Gogo nos habían calado hondo. Neruda hablaba de la noche, pero también parecía hablar de la muerte. Las palabras nos transportaban más allá de los lindes del muro, más allá, incluso, de los confines del mundo que conocíamos y que nos había herido.

—Yo también echo de menos las estrellas —dije.

—Y yo —se unió Clara.

—Podríamos mirarlas una de estas noches desde este mismo lugar —insinuó Gabriel, y chasqueó la lengua con una expresión pícara. El sol le daba en la cara y entrecerraba los ojos. Pero aun así me envolvía con su mirada.

—¿Qué estás tramando, Gabriel? —le preguntó Gogo.

—Yo tengo las llaves —dijo enigmático, y sacó un manojo de llaves de su bolsillo—. Las llaves del paraíso.

Ninguno de nosotros sabía a qué se refería.

—Aquí están las llaves de las dos puertas del piso de ustedes y del nuestro. Podemos salir cuando se nos dé la gana.

—¿Hablas en serio? —preguntó Clara—. ¿Dónde las conseguiste? —noté que sus manos comenzaban a temblar más que de costumbre. Las cruzó sobre su regazo, ocultándolas.

—Me las robé. A nadie se le ocurriría pensar mal de mí —afirmó Gabriel con una expresión de chico bueno—. Estaban sobre la consola central de nuestro piso, nadie a la vista, sólo yo y las llaves, y las tomé. Y ya. No sé por qué lo hice, pero aquí están. Hicieron un escándalo cuando se dieron cuenta, pero no llegó a mayores. Después lo olvidaron. Siempre las traigo conmigo por si se les ocurre revisar nuestras cosas.

—No me habías dicho nada, malvado —lo reprendió Gogo.

—¿Y las cámaras? —preguntó Clara.

—El asunto es muy simple —dijo Gabriel entonces—. Las dos cámaras de cada piso están ubicadas de forma que cualquier persona que salga de alguno de los cuartos pueda ser captada.

—¿Y entonces?

—Sólo que ninguna de ellas apunta al suelo. Alcanzan sólo a mostrar desde el torso hacia arriba.

—Podemos salir reptando —dijo Clara.

—Exactamente. Antes de acostarse tienen que dejar la puerta corrediza del cuarto abierta para no hacer ruido, y se arrastran hasta la puerta de salida. Ah, y por supuesto, no olviden dejar la almohada dentro de la cama, para cuando hagan el chequeo. En la oscuridad no podrán distinguir nada. El único momento crítico será cuando abran la puerta. Tiene que ser todo muy rápido y silencioso.

—Podemos hacerlo —dije.

—Por supuesto —afirmó Clara.

—En la escalera no hay cámaras. Cuando lleguen al primer piso vuelven a reptar, hasta que salgan al jardín. Aquí, como saben, hay tres cámaras, pero si tomamos ese sendero —indicó el camino de grava a nuestra izquierda— no podrán captarnos. La seguridad no es el fuerte de Las Flores.

—Muy conveniente —comentó Gogo.

—Además, los auxiliares de la noche se la pasan durmiendo. Yo los he visto —agregó Clara.

Lo importante era no volver a nuestros pisos cuando estuvieran haciendo el cambio de turno. Y eso era un asunto de suerte. Lo peor que podía pasar era que no nos permitieran bajar al jardín por un par de semanas. Sabían que tomar aire fresco era parte importante de nuestra recuperación, y no nos iban a privar de él para siempre. Todos estuvimos de acuerdo en que valía la pena intentarlo.

Mientras Gabriel hablaba, por mi mente cruzaba tan sólo una imagen: él y yo bajo las estrellas. ¡Me estaba volviendo una Asquerosa Romántica! Pero en fin, ahí dentro estaba todo permitido, incluso esas cosas que afuera me producían ganas de vomitar. Lo cierto es que tenía un sentimiento de bienestar que no había experimentado en meses. Pero al mismo tiempo sabía que todo era provisorio. Nuestras cabezas eran como las nubes. En un momento tenían una forma y al siguiente se deshacían en hilachas que vagaban por el cielo.

* * *

La noche siguiente Gogo, Clara, Gabriel y yo nos reunimos en el fondo del jardín. Las estrellas ya estaban instaladas en el cielo y centelleaban con su luz tenue. Todo ocurrió tal cual Gabriel lo había previsto. Reptamos, abrimos la puerta con las llaves que él nos había dado y salimos.

Al encontrarnos con Gogo y Gabriel en el jardín, los cuatro nos saludamos con timidez y luego nos quedamos mirando el suelo, sin saber qué hacer con la libertad que nos otorgaba la oscuridad. Nos habíamos acostumbrado a estar siempre en la mira de alguno de los auxiliares y habíamos aprendido a controlar nuestros gestos y movimientos para no llamar la atención.

Echamos a andar por uno de los senderos hablando en susurros, pero no tardamos en perder la compostura, y pronto estábamos corriendo protegidos por la noche sin luna. En un momento, Gabriel me tomó de la mano, me guio a un rincón, tras los árboles, y me abrazó. Su cuerpo era increíblemente fuerte, y su piel —bajo la camiseta— ardía. Sus manos me buscaban y se hundían en mi carne. Su aliento me rozaba el cuello. Podía oír su respiración agitada y su piel que reaccionaba a nuestro contacto. Luego se inclinó y me besó. Fue un beso hondo, vulnerable, confiado, dulce, intenso, verdadero; un beso que me hizo olvidar dónde estaba, todo lo que era y había sido. De pronto, sin embargo, sentí miedo de perderme en ese espacio desconocido que Gabriel abría para mí. Me aparté y me apreté las sienes con los dedos para recuperar el control. Bajo la venda, tenía la frente húmeda.

—¿Qué pasa? —me preguntó, tomándome por los hombros. Yo permanecí en silencio, intentando acompasar mi respiración, mientras él me miraba con esos ojos que me conmovían, porque eran limpios y eran honestos y comunicaban secretos. Hasta que con una expresión triste me dijo:

—Yo también tengo miedo, Emi.

Pasó sus dedos por mi mejilla, me tomó de la mano y así, juntos, sin palabras, caminamos sin soltarnos por uno de los senderos hacia nuestra Lemuria, donde Clara y Gogo ya se habían tumbado a mirar las estrellas. Nos tendimos muy próximos, sin tocarnos, pero conscientes de cada movimiento del otro. Si yo me pasaba una mano por el pelo o extendía la cabeza hacia atrás, sus ojos me seguían con una mezcla de tristeza y avidez. Su cercanía generaba en mi cuerpo una oleada de calor y un leve mareo, como si estuviera embriagada.

Clara levantó la voz.

Cuatro chicos desolados / se desatan en el jardín desarbolado / se comen la uñas como golosinas / y cantan tan desafinados como bocinas / un drogadicto se duerme con las venas abiertas / una suicida no sabe quién es a ciencia cierta / una bomba sexy atrapada en un basurero de ciegos / y un genio que eructa su recelo.

—¡Buenísimo, buenísimo, buenísimo! —exclamó Gogo—. Pero tengo una duda, ¿quién sería la bomba sexy?

—Tú, obvio —dijo Clara, y todos estallamos en risas.

Le insistimos que continuara, pero ella se negó. Su impulso había sido como una bengala, esplendente y efímero en la oscuridad. «Una suicida que no sabe quién es a ciencia cierta», había dicho. Sin duda ésa era yo. Y Clara había dado en el clavo. Con la muerte de papá perdí el camino que me llevaba a mí.

—¿Y si una de estas noches cruzamos al otro lado? —preguntó Gabriel, desafiante. Una cierta malicia se había apostado en sus ojos.

Hacía tan sólo unas semanas había sido categórico al expresarme que no tenía intención alguna de salir de Las Flores. ¿Éramos acaso nosotros quienes lo habíamos hecho cambiar de parecer? Yo también me sentía diferente. Me había refugiado en el mundo de papá y lo había adoptado como mío, para no tener que enfrentar la humillación de no poseer uno propio. Busqué los ojos de Gabriel y ahí estaban. Me miraba con su sonrisa de medio lado, como diciéndome: «¿Ves? Yo también puedo salir».

—¿De qué exactamente está hablando, Señor Piyamas? —preguntó Gogo, interesado.

—De salir de aquí. De eso estoy hablando —con un gesto suave, Gabriel subió el cuello de mi chaqueta para abrigarme y continuó—: hay una salida. Es cosa de remover algunos ladrillos del muro y estamos fuera.

—¿Fuera? —preguntó Gogo casi gritando.

—Sí, señor. Pero ¿queremos hacerlo? —preguntó Gabriel al cabo de un par de segundos.

—Yo sí —replicó Gogo con determinación—. Sólo por una tarde, o una noche, para tomar aire fresco —golpeó su palma con la mía y me guiñó un ojo.

—Algo así como un paseo de escuela —agregué, y volví a golpear la suya.

—Podemos salir en la tarde, cuando suenen las campanas, y estar de vuelta en la noche —dije entusiasmada.

—Si salimos en la tarde se van a dar cuenta cuando no lleguemos a la Fila de las Ilusiones. Tendríamos que salir en la noche, casi en la madrugada. Eso nos daría unas pocas horas sin llamar la atención. Cuando entren en estado de neurastenia, nosotros ya estaremos de vuelta. O tal vez no. Podríamos quedarnos un rato más disfrutando de nuestra libertad —dijo Gogo.

Clara permanecía callada. Una sombra oscurecía su expresión.

En el cielo algunas estrellas fulguraban intensamente, como si recibieran una descarga de luz.

—Yo no puedo —anunció Clara al cabo de unos segundos. Sus manos comenzaron a temblar.

Gogo rodeó sus hombros y yo la rodeé por el otro lado. Nos quedamos callados. En Las Flores no se preguntaba por qué hacíamos o decíamos tal o cual cosa. Era como tirar del hilo de una tela apolillada con el riesgo de que se deshiciera.

—Clic —apuntó Gabriel hacia nosotros que continuábamos abrazados, al tiempo que hacía el gesto de tomarnos una foto.

Era evidente que la idea de salir de Las Flores desataba en Clara un miedo ominoso. De quien menos sabía, al fin y al cabo, era de ella, mi amiga. Tan sólo una vez había bajado esa coraza que le permitía examinarnos con la precisión de un entomólogo a sus insectos. Fue en uno de sus insomnios. Desperté en medio de la noche y ahí estaba ella, con los pies cruzados sobre la cama. Esa noche me contó que su madre había padecido la misma enfermedad que ella y que había terminado suicidándose.

Sobre nosotros, las copas de los árboles se mecían con la brisa nocturna.

—Esperen. Pongamos las cosas en su lugar —señaló Clara, desprendiéndose de Gogo y de mí—. No tengo ningún problema con que ustedes salgan. Pero hay una condición: me tienen que contar todo cuando vuelvan —hablaba con tranquilidad, pero su temblor revelaba los complejos sentimientos que la embargaban.

—¿Es en serio, Clara? ¿No lo dices para que no nos sintamos mal de salir sin ti? —le preguntó Gabriel.

—Hablo muy, muy en serio, completa y absolutamente en serio. Más en serio imposible. Pero si lo hicieran, si cruzaran al otro lado, ¿qué harían?

—Hay una gasolinera a un par de cuadras donde podemos pedirle a alguien que nos lleve a Santiago —dijo Gabriel.

—Y una vez en Santiago, ¿qué van a hacer?

—No sé, caminar por las calles, ir al Parque Forestal —señaló Gogo.

—Ir al mall a mirar las vitrinas —agregué yo. Gabriel y Gogo me miraron. Gogo con entusiasmo, Gabriel con los ojos entornados.

—¿Qué van a comer? Se van a morir de hambre. No tienen ni medio peso —nos advirtió Clara.

—Suenas como mi mamá —dije, y todos nos echamos a reír.

—De eso no tenemos que preocuparnos —comentó Gabriel, y arqueó la ceja derecha en un gesto perturbadoramente seductor y misterioso.

Excitados como estábamos, ninguno le preguntó a qué se refería.

—Entonces ¿cuándo? —preguntó Gogo, animado.

—Cuando le quiten a Emi la venda de la cabeza —dijo Gabriel.

—Me parece muy bien —concluyó Gogo. Su voz había cobrado un tono expectante, de urgencia casi, y sus ojos brillaban. Cómo brillaban esa noche los ojos negros de Gogo.

Si tan sólo hubiéramos sabido.

SEGUNDA PARTE

Love

Oí el sonido que hacían sus tenis al avanzar a través de la hierba del fondo del jardín y enfilé en su dirección. Ahí estaban Gabriel y Gogo, frente al grafiti en el muro:

With the beast inside there's nowhere we can hide

Nos saludamos con un gesto rápido, casi sin mirarnos. Un perro ladró, dejando una resonancia solitaria en la madrugada aún oscura. Gabriel se puso de rodillas y sacó uno a uno los ladrillos, apilándolos con cuidado al otro lado del muro para ponerlos luego en su lugar.

Yo crucé primero. La retroexcavadora había desaparecido y en su lugar ya comenzaban a levantarse los cimientos de las primorosas casitas del condominio. Luego pasó Gogo, y al final Gabriel, el más alto por mucho. Cuando salía, sus pies se enredaron con una rama y cayó estrepitosamente. Su libreta negra saltó del bolsillo donde siempre la llevaba. Se levantó rápidamente, recogió la libreta y se limpió las rodillas. Verlo caer desde sus alturas resultaba entre patético y tierno. A mi pesar, no pude dejar de reír.

—Lo siento, es que eres tan perfecto —intenté excusarme.

—Y tú eres tan mala —me dijo con una sonrisa azorada.

—Lo soy —reí—. Ya tendrás tiempo de descubrirlo.

¿Yo había dicho eso? ¿Cómo era posible?

Gogo vino al rescate y nos abrazó a ambos. Permanecimos unidos, como el tronco de un árbol. Un tronco que nadie podría derribar.

Sentí una mezcla de euforia y temor.

Echamos a andar calle abajo, hacia la carretera, donde se suponía encontraríamos la gasolinera.

Gogo se detuvo un momento y con un pañito que tenía en el bolsillo de su chaqueta se limpió los zapatos hasta sacarles brillo. Eran unos zapatos negros demasiado grandes para él. Sin cordones, como se exigía en Las Flores.

Un perro vago lleno de magulladuras salió a nuestro encuentro y nos siguió con su cola cimbreante. Gabriel le rascó el pecho y jugueteó con él. No había vuelto a usar su piyama. Llevaba unos jeans gastados y una parka verde oliva que no era precisamente juvenil y que tenía la apariencia de ser muy cara. En el fondo del cielo se comenzaban a distinguir los primeros tornasoles azulados del alba.

Gabriel había ideado una forma para que Clara, al día siguiente, encontrara las llaves en un lugar escondido del jardín. No podíamos salir con ellas de Las Flores. Cuando volviéramos, sabíamos que nos aguardaría un castigo, y lo primero que harían sería revisarnos. Atravesamos un sitio yermo lleno de desperdicios, restos de muebles, jirones de ropa y plásticos. Unos pájaros negros nos sobrevolaban. Debían tener sus nidos entre los desechos.

Llegamos a la gasolinera y aguardamos sentados en la acera, a un costado de la salida. Era una madrugada fría, y Gabriel entibiaba mis manos con su aliento. Su calor me emocionaba. Podría haberme quedado la vida entera ahí. Al cabo de un rato, un camión con un remolque se detuvo a poner gasolina. El chofer, un hombre grueso de brazos tatuados, aceptó llevarnos. El tipo era el perfecto estereotipo del recio conductor de camiones, bien podría haber representado ese papel en una serie de Netflix.

El sol se levantaba tras la cordillera y arrojaba sus resplandores amarillos sobre los picos blancos. Los tres no dejábamos de mirarnos, sonriendo. El mundo entero nos pertenecía. Me dio pena que Clara no estuviera con nosotros.

Unos veinte minutos más tarde la ciudad comenzó a desperezarse.

—¿Dónde quieren que los deje? Yo sigo hacia el norte —nos preguntó el hombre. Una música de rancheras que chirriaba por los parlantes apenas nos permitía escucharlo.

—Donde a usted le convenga, señor —replicó Gabriel.

Nos bajamos en una circunvalación en la que se unían varias salidas que se encimaban unas sobre otras como en un plato de espaguetis de cemento.

—¿Y ahora? —pregunté.

La noche anterior, con los nervios, apenas había probado bocado y mis tripas ya comenzaban a rugir. En nuestras conversaciones no habíamos llegado a decidir qué haríamos una vez que estuviéramos fuera. Gogo y yo proponíamos mil cosas, mientras Gabriel nos miraba sin decir palabra, con esa sonrisa de medio lado que contenía infinitos misterios y que me había cautivado desde el primer día.

—Ya verán —dijo entonces, respondiendo a mi pregunta. Su rostro resplandecía, como si una luz se hubiera encendido en su interior.

Gabriel levantó la mano y un taxi destartalado se detuvo ante nosotros.

—Estás loco —alegó Gogo—. No tenemos cómo pagarlo.

—Confíen. Arriba —dijo.

Los tres nos subimos al viejo taxi que fue surcando las calles ya ahogadas por el tráfico de la mañana, hasta que salimos de ese barrio de cemento. Yo me senté enmedio, y a través de la tela de nuestros jeans sentía el calor del muslo de Gabriel pegado al mío. Llevaba ambos brazos cruzados bajo su pecho y miraba con una expresión alegre, pero a la vez ausente, por la ventanilla. Me era difícil entender sus sentimientos. Muchas veces, en Lemuria, tomaba mi mano y la estrechaba fuerte, o lo sorprendía observándome, y cuando nuestros ojos se cruzaban, él bajaba la vista, como si lo hubiera sorprendido haciendo algo impropio. En ocasiones sostenía la mirada con insistencia, entonces yo sentía que me preguntaba algo sin preguntármelo. Nunca más había vuelto a besarme. Tal vez por miedo, o porque nos había faltado la oportunidad. No sé.

Mientras avanzábamos, Gogo no dejaba de darme codazos. Ir en un taxi bajo la expresión poco amigable de un chofer, y sin dinero para pagarle el pasaje, le inquietaba. En cambio yo, al lado de Gabriel, me sentía segura.

—Aquí nos podemos bajar —indicó Gogo cuando cruzamos la Alameda—. A un par de cuadras hay un lugar donde reparten desayunos a los necesitados. Y nosotros lo necesitamos, ¿no? No digamos que es el mejor café, parece destilado de suela de zapato —rio con ganas—, ¡pero al menos es café!

—No te apures, Gogo —dijo Gabriel.

Ésa era la realidad de Gogo. Café de suela de zapatos en un albergue para vagabundos. Pensé en el cuarto que me aguardaba al otro lado de la ciudad, con mis aviones a escala colgados del techo, mi gnomo, mis libros de viaje, todo ese universo que me pertenecía. Y me sentí estúpida. Una completa y absoluta estúpida. Pero si Gogo no me juzgaba, ¿por qué lo hacía yo? Los tres teníamos algo en común. Los tres habíamos querido desaparecer. Los tres podíamos ver los dos mundos. Y todo esto, de alguna forma, nos igualaba.

Nos alejábamos del centro y enfilábamos por la Costanera Norte hacia el oriente. Gabriel le indicó al conductor que tomara una de las salidas. A los pocos minutos estábamos frente a las puertas del hotel Sheraton. Había estado ahí una vez con papá y el tío Nicolás para el cumpleaños de un inversionista del aeródromo, pero apenas me había enterado, porque me quedé dormida en el regazo de papá al cabo del primer discurso.

—Espérenme un minuto —dijo Gabriel, mientras se bajaba del taxi.

—¿Pero qué hacemos aquí? —preguntó alarmado Gogo—. Gabriel, sé que estamos todos un poco locos —sonrió tenso—, pero esto es demasiado.

—Sólo espera dentro del auto un par de minutos con Emi, ¿ya? —le pidió, ciñendo suavemente su hombro, y no lo soltó hasta que Gogo asintió con una sonrisa. Me gustó el afecto con que lo había tranquilizado.

Sin embargo, cuando Gabriel desapareció, el taxista se volteó y nos encaró:

—Miren, pendejos, yo no estoy pa' chistecitos, ¿oyeron? O me pagan YA o me pagan YA.

El tipo hablaba en serio. Tenía la cara lacerada por la viruela y los ojos enrojecidos.

—Espérelo —le indiqué con convicción—. Tiene pinta de pendejo, pero es el hijo de uno de los tipos más ricos de este país.

El taxista avanzó un par de metros de mala gana y se estacionó a un costado de la entrada. No sé de dónde saqué las agallas para decir tamaña estupidez. Gogo, aunque estaba tieso en su asiento, se había empequeñecido y tenía una apariencia aún más frágil.

Era incapaz de imaginar lo que ocurriría si Gabriel no volvía. Tomé la mano de Gogo. Hubiera querido estar en mi cama de Las Flores y hacerme un ovillo. Las Flores era a la vez una prisión y un refugio. Estábamos aislados, impedidos de establecer contacto con el mundo, pero al mismo tiempo habíamos sido eximidos de toda obligación, de toda responsabilidad. En Las Flores no nos pedían que fuéramos hábiles ni inteligentes ni capaces. Tras sus paredes estábamos cautivos, pero a la vez éramos libres.

De pronto Gabriel apareció y se asomó por la ventanilla del chofer.

—Aquí tiene —señaló, extendiéndole un billete de diez mil pesos—. Muchas gracias y hasta luego: ¡Ahora, abajo! —nos indicó con una gran sonrisa.

—Es muy simple —señaló Gabriel, cuando ya estábamos instalados en nuestra suite con una cama gigante, una más pequeña, y una sala del doble del tamaño que el de mi casa—. Todos tenemos una lista de personas a las cuales podemos llamar desde Las Flores, ¿verdad? —con Gogo asentimos—. Yo llamé a mi abogado.

—¿Tienes un abogado? —preguntó Gogo, mientras se paseaba de un lado a otro con sus pasitos cortos, muy tieso, y mirándolo todo con curiosidad.

—Tengo diecinueve años —replicó Gabriel.

—¡Ah, cierto! Todos los tipos cuando llegan a los diecinueve años tienen un abogado. Se me había olvidado —dije.

Con Gogo estallamos en una carcajada.

—Sí, tengo un abogado, pero no fue a él a quien llamé —sonrió—. Llamé a mi prima Cecilia.

A través del amplio ventanal alcanzábamos a ver el jardín de palmeras y la solitaria piscina que un par de hombres en overoles azules limpiaba con unos rastrillos.

—Pero todavía no nos explicas nada —dijo Gogo, al tiempo que hacía un movimiento al estilo Shakira camino al minibar y sacaba una Coca-Cola.

—Ok. Les explico. ¿Recuerdan cuando les hablé del algoritmo de las mareas? Bueno, la verdad es que son varios, y resultaron muy útiles para una compañía japonesa de barcos. Están basados en los planteamientos de Hilbert.

—¡Qué nombre! ¿Es amigo tuyo? —preguntó Gogo.

—No lo creo —rio Gabriel—. Murió en 1943. Es uno de los más grandes matemáticos de todos los tiempos. Lo relevante aquí es que los japoneses me pagaron mucho dinero. Eso es todo. Cecilia, mi prima, tiene acceso a mi cuenta. Ella reservó este cuarto y me dejó un sobre en recepción con mis tarjetas, dinero y todo lo que podamos necesitar.

—*My God!* —exclamó Gogo—. Si hubiera sabido.

—¿Si hubieras sabido qué?

—Que eras tan buen partido.

—¿Qué hubieras hecho?

—Hubiera tratado de seducirte —dijo, y los tres nos echamos a reír.

—¿Salimos a pasear un poco? —nos propuso Gabriel. Tenía los ojos iluminados por una ola de felicidad, sin rastro alguno de la tristeza que siempre llevaban. Ambos asentimos.

Antes de salir, Gogo llamó por teléfono a un amigo. De Las Flores ya debían haber dado aviso a mamá de nuestra fuga, y de seguro estaba preocupada. Durante los días previos habíamos acordado que una vez afuera, y si se nos daba la oportunidad, cada uno podía ponerse en contacto con tan sólo una persona, y ésta debía ser lo suficientemente de confianza como para que no nos delatara. Mamá sin duda no era una de ellas. Hubiera intentado de inmediato que le revelara dónde estaba y a la media hora habrían estado ella y el tío Nicolás en el hotel.

Bajamos al lobby y Gabriel nos pidió que lo esperáramos afuera. Gogo y yo ya habíamos asumido que Gabriel estaba al mando de nuestra expedición. Mientras observábamos a unas chicas maquilladas como para una sesión de necromancia, lo vimos aparecer al volante de un viejo Oldsmobile.

—¡Vamos, súbanse! —nos invitó con una gigantesca sonrisa cuando estuvo frente a nosotros.

—¿Y esto? ¿Y esto? —preguntó Gogo entusiasta dando vueltas alrededor del automóvil color chocolate, que parecía haber sido aporreado por una turba de enanos dementes. Tenía uno de los vidrios laterales roto y el techo abollado. Aun así tenía el garbo propio de los automóviles de los años cincuenta: el largo cofre, la cabina cuadrada, las franjas metálicas que se extendían a los costados como alas.

—Jalen la puerta con fuerza porque no se abre muy fácil —dijo Gabriel.

Era un día fresco pero despejado, y al otro lado del río todo desprendía un lustre particular. Me subí al lado de Gabriel. Gogo se instaló atrás, extendió las piernas sobre el asiento y se acomodó con la actitud de un sultán. Él y yo nos habíamos echado todo el frasco de colonia que habíamos encontrado en el baño y, según él, olíamos a cabareteras. Una avioneta surcó el cielo rumbo al oriente. Sentí que el espíritu de papá se cruzaba con nosotros. Debí estremecerme, porque Gabriel me preguntó si me encontraba bien.

—Todo bien —señalé sin mirarlo.

Mientras Gabriel conducía, con la satisfecha pericia de quien tiene todo bajo control, nos contó que el Oldsmobile había pertenecido a su abuelo. Por años había quedado abandonado en el garaje de una de sus tías. Nadie sabía cómo había llegado a ese estado deplorable, pero al cumplir los dieciocho años lo pidió de regalo y todos en su familia estuvieron de acuerdo en entregárselo. Con un mecánico lo reparó y lo hizo andar, y ése era el resultado: un viejo que avanzaba a resoplidos y saltos. Nos contó que le llamaba Albert, por Albert Einstein, y que lo prefería mil veces a cualquier automóvil moderno.

—Yo sé que se mueren por ir al mall, así que ¿qué les parece si empezamos por ahí? —nos preguntó. Con Gogo aplaudimos—. Ya deben estar abiertos.

Fue reconfortante encontrarme de vuelta en el gigantesco vientre del centro comercial. Ahí estaban, como siempre, los chicos que subían y bajaban por las escaleras mecánicas tomando helados y dando vueltas entre las esplendorosas vitrinas. Ahora que teníamos dinero, podría incluso insinuarle a Gabriel que nos tomáramos un frapuccino de cajeta con pastel de limón en el Starbucks.

—¿Te gusta? —me preguntó Gabriel cuando me detuve frente al póster de una chica con un vaporoso vestido de fiesta.

—A Domi le quedaría pintado —dije.

—Pero ¿te gusta? —insistió con una sonrisa, al tiempo que tomaba mi mano y me arrastraba al interior de la tienda, mientras Gogo, asombrado, nos seguía.

Apenas entramos, un par de chicas que charlaban con la vendedora se voltearon. Pronto me di cuenta de que no era precisamente a «nosotros» a quienes miraban, sino a Gabriel.

—Quisiéramos ver el vestido que está en la foto —dijo Gabriel.

Las chicas, que sin duda pertenecían al Club Mundial de las Pasarelescas, me echaron una mirada despreciativa, como diciendo: «Es imposible que este despojo humano esté con este sueño de tipo».

—No. No quiero ese vestido. Pero déjame ver si encuentro otro —señalé con decisión, haciendo caso omiso a las expresiones burlonas de las chicas. Mientras, Gogo ya recorría la tienda con sus pasitos decididos, palpaba las telas, sacaba las prendas de sus colgadores, y desplegaba sonrisas de placer.

—Éste es perfecto —tomó un vestido evanescente de líneas simples y color azul agua, y se acercó a nosotros con su paso que se había vuelto más cimbreante.

Nunca me había considerado una belleza, pero al menos confiaba que bajo esas camisetas gigantes que me ocultaban había un cuerpo, y que si escogía un atuendo adecuado no resultaría monstruoso. Era el momento de demostrármelo y demostrárselos.

—Y tienes que probártelo con éstos —señaló Gogo, tomando un par de zapatos de uno de los aparadores.

Tanta atención me cohibía. Gabriel se había hecho a un lado y me observaba con los brazos cruzados y una sonrisa que parecía decirme: «Vamos, hazlo por mí». Sabía que me seguía con la mirada mientras caminaba de espaldas hacia el probador. Me quité los jeans, la camiseta, y me puse el vestido. Me veía bien. Y con los zapatos funcionaba aun mejor. Sin embargo, salir de entre esas cortinas me estaba resultando difícil. El vestido dejaba al descubierto mis hombros y mis rodillas, y me sentía casi desnuda.

—¿Estás bien, cariño? —oí que me decía Gogo desde el otro lado.

¿De dónde había sacado ese «cariño»? Al parecer, los tres estábamos cambiando. Y no me parecía nada mal. Supongo que todos llevamos dentro muchas personas que permanecen ocultas y asustadas aguardando a que alguien las invite a salir. Y eso era lo que nosotros hacíamos. Invitábamos a la mejor persona de cada uno a salir a la luz.

Abrí la cortina del probador y me quedé de pie, las manos y las piernas cruzadas, hecha un nudo, congelada.

Gabriel levantó la cabeza y me miró. Tuve la impresión de que me abarcaba con sus ojos, que me deseaba y me desafiaba. Era lo que había ansiado todo ese tiempo, que me mirara así.

—Te ves preciosa, Emilia —dijo.

—Absolutamente espléndida —agregó Gogo, y me tomó de la mano para que me animara a salir del probador.

Al poco rato, tenía una chaqueta —elegida por Gogo— que iba a las mil maravillas con el vestido y los zapatos. La vendedora envolvió todo en papel de seda y luego me entregó tres elegantes y primorosas bolsas.

Nos dimos unas vueltas por los pasillos del mall y luego nos sentamos en el Starbucks. Yo pedí el frapuccino que había estado esperando y mi tarta de limón. Gogo pidió dos trozos de pastel de milhojas. Un chico de nuestra edad, con un tambor al hombro, daba vueltas haciéndolo sonar. Llevaba un sombrerito tirolés con el logo del supermercado. En el vestíbulo central, unas chicas disfrazadas de hadas repartían globos y conversaban con los niños. Al cabo de un rato, Gabriel y Gogo me anunciaron que debían comprar algunas cosas y desaparecieron. Antes de partir, Gabriel me dio un beso breve y dulce en los labios. Me quedé sentada en el café, con una sonrisa tonta, mirando sin mirar a mi alrededor, saboreando el escozor que habían dejado los labios de Gabriel en los míos. El chico mundano y arrojado de ese día distaba mucho del que había conocido en Las Flores. Y ambos me gustaban. Me gustaban mucho. Lo que sentía era lo más parecido a la felicidad que había vivido desde el accidente de papá. Pensé entonces que tal vez la famosa «felicidad» era eso. Un instante entre una tristeza y otra, entre una pesadilla y otra, y que la única forma de vivirla era así, escuchándola pasar ante mí, sin aspirar a que fuera para siempre, porque la felicidad definitiva y rotunda sólo existía en los putos cuentos de hadas. No sabía entonces lo que ocurriría después.

La noche se había dejado caer sobre el hotel Sheraton. Al borde de la piscina, sobre nuestra mesa de mantel blanco, resplandecía un par de velas rojas. Al resto de los comensales, que nos miraban y nos prodigaban sonrisas benevolentes, les hubiera resultado difícil creer que esos elegantes chicos eran tres prófugos, que hacía tan sólo veinticuatro horas habían escondido bajo la lengua un Carbitral que, de tomárselo, los hubiera arrojado a un sueño profundo y mudo.

Gabriel iba vestido con un terno gris oscuro —ajustado a su cuerpo— y camisa blanca, y Gogo con uno negro y camisa gris. Se veían espectaculares. Nos habíamos vestido por turnos en el baño, y yo les había hecho prometer que cuando me vieran salir no harían ni dirían nada. Así que Gabriel se había quedado mirándome con una sonrisa de bobo admirado y había levantado ambas manos para dejar en claro que no estaba diciendo ni haciendo nada.

Y me había gustado. Me había gustado que me mirara así, como a un ser intocable a quien él deseaba desesperadamente.

—¿Desean para empezar una copa de champán? —nos preguntó el mozo—. Imagino que son todos mayores de edad, ¿verdad, señor Lemuria? —continuó, dirigiéndose a Gabriel

Gogo y yo apenas pudimos aguantar la risa. Era un hombre alto, erguido y calvo, con una pequeña boca que movía más de lo normal.

—Por supuesto —señaló Gabriel, con una de sus sonrisas infalibles.

—Para mí una Coca-Cola —pidió Gogo. Ni Gabriel ni yo comentamos su elección.

—¿Y algo para acompañar? —preguntó el mozo.

—Una tabla de jamón serrano y quesos. ¿Les parece? —nos preguntó Gabriel, y con Gogo asentimos con un gesto de la cabeza.

Apenas el mozo hubo partido, Gogo y yo nos pusimos a reír.

—¿Señor Lemuria? —preguntó Gogo.

—¿Y qué quieres? No le iba a dar mi nombre.

Yo no conocía su nombre completo. Pensé que quizá, como muchos en Las Flores, no quería que los demás lo supieran. Era una forma de protegernos, de asegurarnos de que cuando saliéramos de ahí pudiéramos borrar nuestro pasado. Gabriel había roto esa ley implícita cuando me preguntó si yo era la hija de Julián Agostini. Pero no sentía resentimiento por ello. Gabriel me había sacado del montón y me había elegido, y ahora estábamos ahí, bajo la luz de las velas, envueltos por la voz de una mujer que, vestida con un ajustado traje de satén negro, se paseaba entre las mesas cantando boleros. El mozo trajo nuestras copas de champán y la Coca-Cola de Gogo.

—Brindo por tu prima Cecilia. Gracias a ella estamos aquí —dijo Gogo alzando su vaso.

—Ella es lo mejor, demasiado buena onda. Le pedí que me ayudara con esto como regalo de cumpleaños y de Pascua hasta el año 2040. ¡Imposible negarse a eso! —rio Gabriel.

El aire nocturno era denso y protector. Por encima de los toldos brillaban unas pocas estrellas pálidas. En la piscina, los chorros de agua formaban mosaicos de chispas que se encendían al pasar frente a la luz de las farolas. El champán me hacía cosquillas en la lengua y en la garganta, como esos dulces que se revientan en la boca.

—¿Creen en el destino? —preguntó Gogo.

—¿Qué quieres decir con eso? —inquirió Gabriel.

—Que ciertas cosas están destinadas a ocurrir a pesar de los esfuerzos que uno haga por torcerles la mano.

—Yo no creo que en algún lugar esté escrito nuestro destino —replicó Gabriel—. Hay predisposiciones, leyes naturales, probabilidades, la genética y todo eso, pero siempre hay un espacio de libertad.

—Mmm, yo no estoy tan seguro de eso —advirtió Gogo.

—¿Han oído hablar de Viktor Frankl? —nos preguntó Gabriel.

Gogo y yo negamos con la cabeza.

—Fue un siquiatra y escritor judío que estuvo prisionero en un campo de concentración. Vio degradarse y morir a casi todos sus compañeros. Pero él sobrevivió. ¿Cómo creen que lo hizo?

—Ni idea —replicó Gogo.

—Ni yo.

—Es muy simple y a la vez es quizá de las cosas más difíciles de la vida: con dignidad —Gabriel hablaba con un leve matiz de obstinación. Parecía necesitar creer en sus palabras.

—Suena bonito pero ¿a qué te refieres cuando dices «dignidad»? Es una palabra muy grande, ¿no? —lo interrumpió Gogo.

Gabriel apoyó los codos en la mesa y la barbilla sobre sus puños.

—Él jamás dejó que todo ese mundo de mierda lo corrompiera. Algunos prisioneros hacían cualquier cosa con tal de sobrevivir. Robar un pedazo de pan, una manta a su compañero, mentir, engañar, lo que fuera por un día más. Pero Frankl descubrió que era justo al revés. Cuando te rebajas así, cuando pierdes tu dignidad, pierdes también la esperanza en el ser humano, en ti mismo, y eso te debilita; te enferma más que el hambre, más que el frío. Hasta que mueres.

—¿Estás diciendo que ser bueno te salva? —preguntó Gogo—. ¡Porque a mí me gusta ser mala, mala, mala!

Era la primera vez que escuchaba a Gogo hablar de sí mismo en femenino. Y no sonaba mal. Una parte que no conocíamos afloraba de él ahora, una parte que era tanto o más real que la otra.

—Tú no eres malo ni aunque lo intentes, Gogo —rio Gabriel con sus ojos firmes.

—Pero a veces, sin darnos cuenta, hacemos cosas que pueden resultar muy malas para los demás —dije cabizbaja.

Pensé en papá y ese último adiós antes de que se subiera al avión, movido por mis palabras y por su deseo de no defraudarme.

—Estamos todos en Las Flores por algo —dijo Gabriel acariciando su copa—. No porque seamos malos, sino porque llegado un punto no pudimos más, no aguantamos más.

Por debajo de la mesa tomó mi mano. Una emoción muy fuerte me embargó.

—Antes de que me internaran había llegado a consumir de tres a cuatro botellas de alcohol por día; vino, pisco, lo que consiguiera —comenzó a hablar Gogo—. También coca y crack, cuando alguien me daba, y cigarros y neoprén. Lo que fuera. Daba lo mismo. La cosa era borrarme, no existir —hablaba con precipitación y rabia, pero no perdía su aire de niño—. Desaparecía por días y después ni yo mismo sabía dónde había estado. A veces me despertaba en la banca de un parque en un barrio que no había pisado en mi puta vida, con la cara hecha mierda o la ropa con sangre. Un día, sin pensarlo mucho, salté a un canal. Había tomado anfetaminas y pisco. Me dejé llevar por la corriente. Era fuertísima. Trataba de respirar pero me hundía. Cada vez tenía menos fuerzas y me resultaba más fácil dejarme ir. De repente alguien me vio, y un montón de gente empezó a correr y a gritarme que resistiera, que me ayudarían. Trajeron una escalera, y a pesar de que me había tirado al canal para morir, quería agarrarme a ella. Era más fuerte que yo. Supongo que eso es lo que se llama instinto de supervivencia.

—O tu elección por vivir —dije.

Recordé cuando después de zamparme el coctel de remedios salí a la calle. Sin saberlo, buscaba a alguien que me ayudara.

—Sí, debe ser eso —se detuvo un segundo y luego continuó—: la gente corría con la escalera canal abajo, y yo intentaba agarrarla pero no podía, hasta que un tipo bajó a ayudarme. Me desmayé. Desperté en una cama de hospital. Mi profesor de lenguaje estaba sentado junto a mí. Tú ya sabes, Gabriel, fue él quien me internó. Si no fuera por él, aún estaría en la calle. O con el tipo que me hizo esto —dijo, y se tocó la cicatriz de la frente.

Gabriel asintió. Yo no sabía en ese momento a quiénes se refería. Mucho después supe que fue su profesor de lenguaje quien le exigió al tipo que lo maltrataba que le pagara Las Flores.

—¿Crees que tuve opción de elegir, Gabriel?

—Sí. Elegiste —replicó enérgico. Bajo la mesa ciñó aún más mi mano, como si necesitara nuestro contacto para continuar—. Cada vez que abriste un libro, cada vez que le preguntaste a tu profe qué significaba tal o cual cosa. Elegiste cuando decidiste que te gustaban las primeras palabras de amor y empezaste a memorizarlas. Sí, Gogo, tú elegiste una pasión que fue la que al final te salvó —su voz se quebró. Cerró por un segundo los ojos y respiró hondo.

Miré hacia el cerro. Tres luces encendidas estaban fijas en la superficie negra, como una pequeña y solitaria constelación.

—Y tú, ¿elegiste? —le preguntó Gogo.

—Sí. Yo también elegí. Y sigo eligiendo —dijo con voz ronca. Se volteó hacia mí.

Me di cuenta de que Gogo lo miraba con los ojos entornados, como se observa algo muy preciado que no se puede poseer. Desvió la mirada y dijo:

—Es cierto, elegí vivir. Y no saben cuánto me alegro por eso. Voy a ser escritor y voy a viajar en velero y voy a conocer la Costa Azul —rio. Se detuvo y luego agregó—: además, yo los elegí a ustedes.

Por fortuna el mozo ya nos traía los platos. No teníamos costumbre de hablarnos así y estábamos un poco turbados. Gabriel había pedido canelones rellenos con ricota; Gogo, un filete con salsa de pimienta; y yo, un risotto delicioso. No había comido tan rico desde la última vez que papá nos llevó a un restorán elegante después de una de sus demostraciones acrobáticas. Pero de eso hacía mucho tiempo, una eternidad casi. Parecía haber ocurrido en otra vida.

La luna brillaba intensa, y si fijabas la mirada en ella, te daba la impresión de que podías distinguir a los lunacianos que la habitaban.

Ya terminábamos el postre cuando Gogo, con los ojos resplandecientes de excitación, nos propuso que fuéramos a bailar. Había quedado de encontrarse con un amigo en un antro a los pies del cerro San Cristóbal. Gabriel y yo nos miramos. No era una mala idea. A todos nos vendría bien bailar. ¿Y después? ¿Después qué? ¿Cuándo acabaría ese sueño, que por su misma naturaleza de sueño debía ser efímero? Ninguno de los tres había planteado el tema. Tampoco habíamos mencionado que hacía rato se había cumplido el plazo que nos habíamos dado para volver a Las Flores.

Estábamos ahí como si nada más ese instante existiera. La realidad más allá de la luz de las velas, de los reflejos plateados del agua, y de la mujer que cantaba con su voz plañidera, había desaparecido.

Llegamos caminando al barrio Bellavista alrededor de las doce
de la noche. La humedad del cerro se pegaba a mi piel. Era
una humedad densa y a la vez fría. En lo alto, la luna parecía
moverse a toda velocidad tras la quietud de las stratocumulus.

—¡Aquí es! —exclamó Gogo, cuando estuvimos frente a
una anodina puerta cerrada. La empujó y entramos por un
pasillo oscuro de techo abovedado. Jóvenes y hombres mayores, vestidos con jeans y camisetas ceñidas, conversaban y
reían apostados contra los muros, mientras otros observaban
absortos sus celulares, aguardando a alguien, o tal vez ocultando su soledad. Una euforia evidente se apoderó de Gogo
apenas atravesamos el pasillo y estuvimos dentro. Era un galpón gigante atestado de gente. Gabriel me tomó del brazo y
pegó su cuerpo al mío. Me sentí diminuta y a la vez a salvo.
Sus labios tenían un resplandor parecido al de las frutas ma-
duras. Emanaba de él una energía calma y alegre. Gogo nos
guio hasta el bar. Su cuerpo levemente mal constituido quedaba oculto bajo el buen corte de su traje. En el camino saludó a un par de chicos que intentaron detenerlo a preguntas,
también a un hombre de unos treinta años que lo abrazó con
efusión. Gogo, a su lado, parecía un prepúber. Gabriel y yo
pedimos un par de cervezas y Gogo una Coca-Cola. Sentado
en el bar, un tipo alto, con un largo abrigo negro y un gorro

de piel al estilo ruso, miraba fijamente hacia un punto en el aire. Parecía representar un papel en una obra de teatro cuyo decorado fuera un extenso y solitario campo soviético cubierto de nieve. Nos abrimos paso con nuestros vasos de cartón en la mano hasta llegar a la pista de baile. A excepción de unas pocas chicas que bailaban entre ellas, no había mujeres. Gogo miraba a un lado y a otro, inquieto, mientras movía el cuerpo en una danza tenue y continua, sin dejar de beber su Coca-Cola con un popote. Éramos, sin duda, los más elegantes del lugar. Los tres nos pusimos a bailar. Gabriel no me soltaba y su contacto era todo lo que mi cuerpo y mi ser añoraban. El magnetismo que irradiaba sobre los demás me hacía sentir orgullosa de estar a su lado. Su proximidad nos abría también a nosotros las puertas del Universo de los Elegidos. Gogo nos cogía de las manos y luego hacía piruetas que, a pesar de su torpeza, resultaban divertidas, mientras que Gabriel y yo nos movíamos al unísono, rozándonos y mirándonos. Los destellos de las bolas de espejos colgadas del techo nos tocaban como agujas luminosas, haciendo que nuestra piel vibrara.

—¡Esto es increíble! —exclamó Gogo, sin dejar de bailar.

Lo abrazamos y por un instante los tres fuimos el tronco, la vida —juntos e invencibles—, y luego nos desprendimos y seguimos bailando. Gabriel agitaba los brazos y cantaba con su voz desafinada. Su mirada sobre mí lo llenaba todo, se derramaba, me ahogaba casi.

—Ahora que trajiste a Gabriel a la vida, no lo sueltes —me dijo en un minuto Gogo al oído con una alegre expresión y siguió bailando.

—¡No lo haré! —exclamé.

Tres chicos que parecían haber ingerido La Píldora De La Risa se acercaron a nosotros y abrazaron a Gogo con alegría. Uno de ellos debía ser el amigo con quien había estado hablando por teléfono en el hotel. Sin dejar de bailar ni de reír, le preguntaron dónde se había metido todo ese tiempo. Gogo hizo un gesto con los hombros y nos los presentó como «Harry, Liam y Louis», supongo que por los integrantes de One Direction. Los tres siguieron riendo. Harry era de baja estatura y menudo, como nuestro Gogo, y su corte de pelo recordaba el casco de Darth Vader. Liam y Louis, en cambio, tenían una complexión fuerte y llevaban camisetas ceñidas que realzaban sus músculos bien trabajados. Tenían los ojos muy rojos y se notaba que habían bebido bastante, o tal vez ingerido algo más fuerte, que los hacía reír de esa forma nerviosa y falsa. Gogo nos dijo que iba por otra Coca-Cola y que ya volvía. Me dio un beso en la mejilla y me miró a los ojos con una expresión llena de esperanza, pero a la vez con un raro destello que me estremeció. Lo vimos alejarse con sus amigos entre el tumulto que pronto se cerró tras ellos.

Gabriel y yo nos encontramos de pronto solos en medio de esa masa danzante. Me abrazó fuerte y me levantó del suelo. Así dimos vueltas. La bola de espejos proyectaba sus estrellas sobre ese instante que contenía la vida entera. Cuando me devolvió al suelo estaba mareada.

Me era difícil aceptar que Gabriel estuviera ahí para mí y sonriera para mí y cantara *Tell me* para mí. Por un instante tuve la sensación de que estábamos en un jardín en el fondo del mar. Acercó su rostro y rozó mis labios con los suyos. Ese contacto tibio y fugaz, como de plumas, hizo que una energía desconocida recorriera mi cuerpo. Necesitaba más. Pero él permanecía quieto, mirándome con una expresión que no lograba descifrar. Pensé que tal vez había hecho algo mal.

Mi experiencia en esas lides era más que escasa. Un solo chico, el que peor jugaba futbol, el más tímido, el que menos sabía de las «artes amatorias» de todo el grupo, de todo el colegio, de toda la Tierra, él justamente, me había besado en una fiesta, y había sido tan ridículo, tan poco fluido, que al terminar, ambos enfilamos en direcciones opuestas de la sala de baile. No volvimos a hablarnos.

Pero esa mirada de Gabriel podía significar algo mucho peor. Él tal vez pensaba lo mismo que yo había pensado todo ese tiempo. Quizá él también temía herirme con su historia, con los coletazos de dolor que debía producir en los seres que le rodeaban.

—¿En qué piensas, Gabriel Lemuria? —me animé a preguntarle.

—Que eres lo mejor que me ha pasado —me rodeó la cintura y me arrimó hacia él. Estábamos en un rincón de la sala y, sin soltarme, sin despegar sus ojos de los míos, me guio hasta el muro y me apoyó de espaldas a la superficie de cemento. En la oscuridad, su rostro cobró una expresión particular. Se ciñó contra mi cuerpo hasta que fui incapaz de moverme, hasta que me tuvo apresada entre el muro y él. Sus caderas comprimidas contra las mías, su aliento caliente sobre mi rostro. Me besó en los ojos, en la comisura de los labios, en el cuello, introdujo su lengua en mi boca y me besó con una intensidad que hacía que las piernas me flaquearan, que la cabeza me diera vueltas, que perdiera la conciencia del tiempo, del lugar, sólo él y yo, su boca en mi boca. Fue un beso profundo, desbocado, impresionante.

Cuando nos desprendimos, ambos reímos, sólo reímos, como si no hubiera otro lenguaje que el de besarnos y reírnos. Seguimos bailando pegados a la muralla y luego nos desplazamos hacia el centro de la pista, dando vueltas, mientras desde los parlantes sonaba *Five more hours*.

—Besas de maravilla, Emilia Agostini —me dijo al oído.

Continuamos bailando. Mientras lo único que yo deseaba era que volviera a llevarme al Rincón de Los Besos y que metiera su lengua en mi garganta. Me abrazó fuerte y murmuró:

—No hay nada que puedas hacer Emilia Agostini, nada, nada.

Y volvió a besarme. Nuestros cuerpos se movían cada vez más armónicos, más acompasados. Parecía que hubieran estado siempre juntos, danzando y deseándose.

No sé cuánto tiempo estuvimos así, hasta que en un momento nos dimos cuenta de que el galpón estaba casi vacío. Unas pocas parejas de hombres se besaban en los rincones.

—¿Dónde está Gogo? —le pregunté.

Miramos a nuestro alrededor y no lo vimos por ningún lado. Comenzamos a recorrer el lugar. El pasillo por donde habíamos entrado, el bar, y luego volvimos al centro de la pista vacía. Le preguntamos a cuanto tipo solitario encontramos si había visto a un chico delgado, bajito, vestido con traje y camisa, y los tipos, desde sus distancias ebrias, nos respondían que no, que no habían visto a nadie. Pronto, Gabriel y yo corríamos de un lado a otro buscando a Gogo en los baños, en las escaleras, en los escondrijos más oscuros, hasta que la música se detuvo. Se encendieron las luces y el galpón emergió en todo su patetismo. Los muros descascarados y húmedos, vasos de cartón, orina, vómitos.

Un hombre con una gran panza, barba, camiseta negra y shorts que le llegaban más abajo de las rodillas salió de la barra y comenzó a expulsar a los últimos solitarios. Le preguntamos por Gogo y se echó a reír.

—Aquí todos los pendejos son iguales. Calientes y borrachos.

—Pero tiene que acordarse, un chico bajito de traje, que tomaba Coca-Cola.

—Les digo que no, y no molesten más —gritó.

Gabriel lo agarró de la camiseta, y el tipo, aunque era más bajo que él, hizo el amago de pegarle. Yo tomé a Gabriel de un hombro, desesperada.

—Vamos, por favor, vamos.

—¡Fuera! —gritó el tipo propinándonos un último empujón que nos dejó en una calle tan desierta y mugrienta como el galpón.

Amanecía.

En la esquina nos topamos de bruces con tres sujetos que caminaban a paso rápido, moviendo el cuerpo con aire de desafío. Ellos y nosotros nos asustamos. El más bajo tenía las piernas arqueadas, ojos de rata y una nariz ganchuda y chueca, como si alguien se la hubiera partido. Sus jeans estaban manchados de sangre. Nuestras miradas se cruzaron y él se detuvo, retador. Los otros continuaron caminando.

—¡Esta mujer me miró en mala onda! —gritó con una expresión de desprecio. Intentó pescarme del brazo, pero Gabriel se interpuso. Olía a alcohol y a mierda.

—No hagas pendejadas, está tan borracha como tú, apúrate —le gritó uno de sus amigos, y tambaleándose, el sujeto corrió a reunirse con ellos.

Caminamos un par de cuadras muy rápido, como si huyéramos de una energía maligna. En una esquina nos detuvimos. Sentí la respiración acelerada de Gabriel sobre mi cabeza. La atmósfera era silenciosamente fría. El cielo, de un azul oscuro e intenso, adquiría hacia la cordillera una tonalidad rojiza.

—Gogo debe haberse ido con sus amigos —dijo Gabriel.

—Sí. Es eso. Pero ¿por qué no nos avisó?

—Porque así son las cosas, Emi. Te embalas en una y luego en otra. Quizá se encontró con un antiguo novio, el chico que estaba esperando, y ya sabes… —despegándose de mí, me ofreció una de sus sonrisas burlonas.

—No. No sé cómo son esas cosas, Gabriel Lemuria. No tengo ni la más puta idea —zanjé, y eché a andar calle abajo.

—¡Oye! —exclamó apresurando el paso—. ¿Estás celosa?

Había, de hecho, sufrido un súbito ataque de celos. No sabía cuánta experiencia tenía Gabriel, cuántas chicas incautas habían pasado por sus brazos, y dada la atracción que ejercía sobre Todos Los Seres Vivos del Planeta, no debían ser pocas.

La primera luz del día iluminaba las calles, haciendo visibles las fachadas de las casas. Yo había avanzado tan sólo unos pocos metros cuando él me alcanzó.

—Vamos, para y mírame —me tomó del brazo.

Levanté los ojos avergonzada de mi reacción tan poco acorde con lo que estábamos viviendo.

—¿De verdad estás celosa?

Con la cabeza gacha, asentí.

—Lo siento —dije con un hilo de voz—. No sabemos dónde está Gogo, y yo preocupándome por estupideces.

—¡Eso es fabuloso!

—¿Por qué? —pregunté desconcertada.

—Porque significa que te importo.

—No sé si tu teoría es muy acertada, Gabriel Lemuria, pero aun si lo fuera, no veo cómo soluciona mi problema. No es un sentimiento placentero, incluso te diría que es bastante humillante.

—Por eso me gustas tanto, Emilia —sonrió.

—¿Por qué? —pregunté. Me era difícil imaginar qué podía gustarle de mí en ese momento.

—Porque les pones nombre a las cosas que nadie se atreve a nombrar. Ven —me dijo y me abrazó.

Un camión de basura atravesó la calle muy despacio, como un rinoceronte, e hizo vibrar la vereda.

—Pregúntame lo que quieras —señaló con una sonrisa enigmática al desprendernos.

—No quiero saber.

—En serio. Puedes preguntarme lo que se te antoje. Te juro que te respondo con honestidad.

—Ya te dije, no quiero saber.

—Ok —declaró, y seguimos caminando hacia el río tomados de la mano.

Su contacto me apaciguó. Estábamos juntos en una madrugada azul. De tanto en tanto me miraba y me sonreía, y yo podía ver en sus ojos el fulgor que emitían para mí. Aun así, la idea de que hubiera sentido por otras chicas lo mismo que por mí no me parecía en absoluto divertida. ¿Serían los celos, como decía él, un síntoma del amor? Pensé que por celos se cometían crímenes, por celos los hombres mataban a las mujeres. No podían ser buenos los celos. No alcancé a comentárselo porque ya llegábamos al puente Pío Nono. Gabriel se detuvo y miró las aguas mugrientas del río Mapocho. En su expresión supe que pensaba en Gogo luchando por su vida en el canal. Yo también. Ambos nos estremecimos. Gabriel volvió a abrazarme. Apoyé mi frente sobre su pecho y cerré los ojos.

—Gogo está bien, Emi, te lo juro.

Me aferré a su juramento y volví a ver la expresión sonriente de nuestro amigo. Un Mazda se detuvo frente a nosotros. En su interior, un oficinista ojeroso y de expresión cansada bajó el vidrio de su ventana y exclamó:

—¡No lo pierdan!

Lo cierto es que debíamos representar un cuadro peculiar, abrazados en medio del puente en la madrugada.

Apenas llegamos al hotel, subimos al cuarto.

—Deberíamos descansar un rato. Gogo va a aparecer en cualquier momento —sugirió Gabriel.

Recién entonces me di cuenta de que habíamos pasado la noche en vela.

—¿Tú crees que va a aparecer? —le pregunté.

—Estoy seguro.

Nos sentamos en el borde de la cama. Las cortinas estaban abiertas. Quería cruzar la ventana y fugarme hacia la incipiente luz del nuevo día. Empujé la saliva hasta el fondo de mi garganta para ahogar las estúpidas ganas que me dieron de ponerme a llorar. Habría dado cualquier cosa para que mamá y el tío Nicolás vinieran a buscarme.

Me quité el abrigo y los zapatos y de un tirón me envolví con las sábanas. Gabriel, sin desvestirse, se echó sobre el edredón y me cubrió con la manta. Apagamos la luz. A través de la ventana, el cerro nos mostraba su rostro quieto. Sí. Todo estaría bien. Cuando nos despertáramos, veríamos a Gogo sentado en el sillón leyendo su libro con una gran sonrisa, satisfecho de haber franqueado su noche de libertad y haber salido de ella más fuerte y feliz. Apoyé la cabeza en la almohada y me quedé dormida.

Me desperté cuando la luz había inundado nuestro cuarto. Lo primero que vi al abrir los ojos fueron los de Gabriel posados en mí. Estaba echado a mi lado, la cabeza apoyada en una mano.

—Y Gogo, ¿llegó? —mi pregunta quedó suspendida en el aire, cargada de miedo.

—No —respondió al cabo de unos segundos y miró más allá de mí, hacia el muro.

—¿Qué hora es?

El sol dibujaba figuras que se movían en la alfombra como enanos.

—Las once.

Mi expresión debió reflejar mi temor.

—Emilia, quédate tranquila. De verdad estoy seguro de que Gogo está con sus amigos. Se debe haber quedado dormido en la casa de uno de ellos. Después de la farra de anoche van a dormir hasta tarde. En serio. Ven, acércate —me dijo, atrayéndome hacia él.

Acarició mi cabeza, ordenó mi cabello y luego bajó por mi mejilla con la palma de su mano. Pronto estábamos enredados en un abrazo, y a través de sus pantalones pude sentir su erección.

—Me vuelves loco —dijo.

Supongo que todas las primeras veces son más o menos iguales. Temor, pudor y emociones que se suceden unas a otras. Y si algo debió haber de particular, fue su ternura. No dejó de preguntarme a cada instante: «¿Estás bien? ¿Cómo te sientes? ¿Te duele?». Y yo, sin palabras, le hacía entender que siguiera, que a pesar del dolor —que no era en absoluto insoportable— tenerlo dentro me otorgaba una increíble plenitud. Acabó en mi estómago. Un líquido denso y blancuzco escurrió de su pene y se pegó en mi piel. Me era difícil mirarlo. Su pene me parecía un animal prehistórico en miniatura, que no era parte del Gabriel que yo había conocido hasta entonces.

Se levantó, trajo un pedazo de papel del baño y él mismo me limpió.

—Ahora las cuarenta billones de células bacterianas que tienes en tu cuerpo son mías y las mías son tuyas, ¿no te parece increíble? —dijo con una sonrisa. Luego se tendió a mi lado y se quedó dormido.

Yo era incapaz de dormir. Nuestros rostros estaban casi pegados y su respiración se estrellaba en mi boca. Desde esa distancia Gabriel era piel y poros y nariz y ojos. Éramos uno, él y yo, una sola respiración, una sola vida, que nadie, nadie, podría separar. Porque ambos podíamos ver los dos mundos. Y si uno de nosotros se perdía en el segundo, el otro podía salir a buscarlo y traerlo a su orilla.

Entreabrió los ojos y sin moverse me dijo:

—Me gustas mucho. Y no sé si eso es tan bueno.

—¿Por qué? —pregunté, asombrada de sus palabras.

—Porque asusta.

Lo abracé con todo mi cuerpo y así permanecimos no sé cuánto tiempo. Y en ese lapso, todo a mi alrededor desapareció, incluso Gogo. Pensé que la felicidad era una forma de huir. Por eso no podía ser eterna.

Eran las seis de la tarde. El cerro frente a nosotros se bañaba en luz. Aguardábamos a Gogo tendidos en la cama con la televisión encendida.

Como yo, Gabriel miraba a cada instante hacia la puerta, esperando ver aparecer el rostro sonriente de Gogo. Pero no. La puerta permanecía cerrada y las voces de una comedia retumbaban en nuestros oídos como campanas mortuorias.

En un gesto rápido, Gabriel cambió de canal y apareció el video clip de *Outside*, de Staind. Un chico que vive en blanco y negro, mira por el orificio de un gigantesco muro el universo de colores donde viven los demás. Subió el volumen.

> *But I'm on the outside, I'm looking in*
> *I can see through you, see your true colors.*[*]

Miré a Gabriel. Tenía los ojos fijos en la pantalla. Pensé que yo conocía sus verdaderos colores y él los míos. Los más oscuros y los más claros. Cuando el video llegó a su fin, Gabriel se frotó la barbilla contra la almohada y con esa determinación tan suya dijo:

---

[*] Pero yo estoy afuera, mirando hacia adentro / Puedo ver a través tuyo, ver tus verdaderos colores.

—Salgamos de aquí.

—¿Y si llega Gogo?

—Le dejamos una nota.

—¿Todavía piensas que puede volver?

—Por supuesto. Si quieres podemos subir a la azotea. La vista debe ser increíble.

Asentí. Una conocida pesadumbre había comenzado a descender desde el techo y a oprimirme. Necesitaba deshacerme de ella.

Después de escribirle una nota a Gogo y llamar a recepción, subimos a la azotea de la torre más alta, desde donde se podía ver gran parte de Santiago. En algún lugar de ese dibujo de rectángulos que formaban las calles se encontraba Gogo, pero ¿dónde?, ¿dónde?

Nos sentamos en el piso, muy juntos, y apoyamos la espalda en una caseta de cemento donde terminaba la caja de ascensores. A través del muro oíamos el sonido duro que hacían cada vez que subían y bajaban. Alguien había estado ahí antes y había dejado tirados una botella de cerveza y un paquete de papas fritas vacío, que se deslizaba a uno y otro lado de la superficie de cemento con la brisa de la tarde.

—Lo que no entiendo es que si quería dejar Las Flores, por qué no nos dijo nada —Gabriel permaneció mudo y yo seguí elucubrando—: tal vez lo tenía pensado desde el principio. Siempre fue el más entusiasta con la idea.

—En eso estás equivocada. El que más quería salir era yo.

—¿En serio?

—Sí. Quería hacerlo contigo. No lo imaginaba en el jardín de Las Flores —rio, pero luego volvió a su seriedad.

Miró hacia arriba y respiró hondo.

—¿Crees que le pasó algo? —Gabriel siguió encapsulado en su silencio—. Por favor, dime algo —musité.

El cielo en el norte y en el sur era rojo y púrpura.

—No lo sé, Emilia, no lo sé. Gogo es adicto. Puede que no haya podido resistirlo —se mordió el labio.

Recordé lo que nos había contado Gogo. Que se drogaba hasta perder la conciencia. Me estremecí. Gabriel pasó su brazo sobre mis hombros.

—Pero sólo estaba tomando Coca-Cola —señalé en un tono desesperado.

—Antes de entrar en Las Flores, Gogo vivió en la calle —dijo Gabriel—. Su familia ya no quería saber de él. Trabajaba vendiéndose, y los que estaban dispuestos a pagarle eran tipos muy mala leche. Gogo no es precisamente el prototipo sexy —señaló, y yo asentí—. Un tipo mayor se lo llevó a su casa. Le daba techo y comida y unos pesos para el día. A cambio, Gogo tenía que dejar que le marcara el cuerpo con una gillette. Él mismo después le curaba las heridas. Era un enfermo. Hasta que le marcó la frente con un cuchillo. Él le paga Las Flores. Supongo que para sentirse menos culpable.

Recordé su cicatriz. También el momento exacto en que caminó hacia la multitud danzante y ésta se cerró tras él.

—¿Crees que Gogo está con él?

—No lo creo. Gogo lo odia.

—¿Dónde está, Gabriel, dónde?

Una cierta irrealidad se apoderó del aire.

—Cuéntame algo —le dije entonces. Necesitábamos salir de la oscuridad.

—¿Qué?

—No sé. ¿De ti? —sugerí.

—¿Qué quieres saber de mí?

—Lo que tú quieras contarme —respondí con una sonrisa.

El sol comenzaba a ponerse y ya tocaba las puntas de los edificios más altos. Con la yema de los dedos acarició los nudillos de mi mano. Era un contacto dulce y a la vez intenso. Me dieron ganas de abrazarlo, pero entonces dijo:

—Quizá quieras saber por qué llegué a Las Flores.

—Me gustaría mucho —señalé.

—Primero quiero decirte que no hay otras chicas.

—¿Soy la primera?

—Lo eres, Emilia Agostini. Eres la responsable de la pérdida definitiva de mi virginidad.

—Y tú de la mía.

—Entonces estamos a mano. Ahora supongo que me queda contarte el resto —una sombra oscureció su expresión.

En el fondo, la ciudad centelleaba apenas, como las escamas de un pez recién muerto.

—Einstein se preguntaba si la Luna seguiría existiendo si nosotros dejáramos de mirarla. Y tú dirás, ¿cómo un hombre tan inteligente puede hacerse una pregunta tan estúpida, verdad?

—Verdad. Suena bastante estúpida —señalé con una sonrisa.

—Y no es que yo sea ningún Einstein, pero ése es el tipo de preguntas estúpidas que me he hecho toda la vida —trató de reír con ligereza—. Mi cabeza no para nunca. Ni un instante. Jamás. A los cuatro años me levantaba en la noche a hacer cálculos mientras todos dormían, y a la mañana siguiente mis padres encontraban las paredes de mi recámara rayadas. Trataba de darle respuesta a cualquier asunto que me preocupara, llevándolo a números, y como no llegaba al lugar que quería, me frustraba, me daba rabia, y me iba para dentro. Cuando estaba así, no soportaba a nadie. Cuando entré al colegio ya era raro. Y tú ya sabes lo que les pasa a los raros. Nadie los quiere cerca. En clases trataba de ser como los demás, de no hacer preguntas para no llamar la atención, para no despertar sospechas, pero era inútil. Era como si despidiera un olor podrido. Al final, me negué a seguir yendo al colegio, y a mis papás no les quedó otra que aceptarlo. Me odiaron por eso. Yo era su único hijo y les había salido loco. Tenía doce años.

—Y el resto, ¿cómo lo aprendiste?

—Lo que sé, lo aprendí solo.

—Yo te encuentro lindo y guapo y sexy... —dije sonrojándome.

El sol se reflejó por un infinitesimal instante en sus ojos. Recogió ambas piernas y ciñó sus rodillas. Sentí tristeza. Tristeza por Gogo, por él, por mí. Casi no había luz. Sólo una línea dorada en el fondo de la ciudad. Gabriel continuó hablando:

—Pasaba la mayor parte del tiempo en la casa, solo. Y los números comenzaron a ganármela. Los veía caminar bajo mi piel como cucarachas. Trataba de arrancarlas hasta que terminaba sangrando.

Volteó la cabeza para que no lo viera. Pero aun así supe que tenía los dientes apretados y que respiraba fuerte para hacer descender por la garganta la emoción. Lo sabía. Lo sabía. Porque yo misma lo había hecho tantas veces.

—Ésa fue la primera vez que me internaron. Ésta es la segunda —dijo.

—Pero ahora no estás solo —apoyé la cabeza en su hombro.

—Lo sé —tomó mi mano, la llevó a sus labios y la besó.

Levantó la vista hacia una lejanía incluso más distante que el fondo de la ciudad, como si escuchara las primeras vibraciones de una tormenta, una amenaza que nadie había percibido aún, pero que pronto se dejaría caer sobre nosotros.

Ambos sabíamos que había llegado la hora. Teníamos que llamar a Las Flores y dar aviso de que Gogo había desaparecido.

Todo ocurrió rápido y lento al mismo tiempo. Bajamos de la azotea y Gabriel llamó. Aguardamos abrazados, hechos un ovillo sobre la cama. Cuando sonó el teléfono, nos sobresaltamos. Habían llegado a buscarnos. Tomamos nuestras cosas, Gabriel sacó su libreta negra del cajón del buró donde la había dejado, y sin decirnos palabra, como dos acusados que se dirigen juntos al paredón, entramos al ascensor tomados de la mano.

TERCERA PARTE

Amelia

Nos separaron

Llegamos a Las Flores cuando nuestros compañeros ya habían pasado por la Fila de las Ilusiones y estaban sumergidos en sus sueños. Nada más cruzar las puertas, dos auxiliares nos tomaron a cada uno del brazo. Nuestras manos se soltaron, pero nuestros dedos permanecieron suspendidos, tocándose apenas. Un segundo. Un segundo más. Nos miramos. Gabriel tenía una leve sonrisa, desafiante, dulce, como diciéndome: «seguirás aquí, conmigo, aunque nos separen», y de pronto, un tirón fuerte. Nos habían apartado. Traté de desprenderme de la hiena, pero ella me agarró con fuerza.

—¡Gabriel! —grité. Y mi voz quedó resonando en el pasillo.

—¡Recuerda lo que nos dijo el tipo del puente! —gritó.

«No lo pierdan», nos había dicho. «No lo pierdan». ¿Qué? ¿Nuestro amor? ¿La ilusión? Antes de que nos encerraran en los extremos opuestos del pasillo, nuestros ojos se cruzaron, y en ese instante lo vi. Vi el muro de la canción de Staind, o tal vez era el nuestro, el de Las Flores. Siempre un muro. Supe entonces que el tiempo estaba en mi cabeza. Tenía que extender ese instante para que alcanzáramos a cruzar juntos el muro hacia la luz, antes de que la oscuridad se echara con toda su perfidia sobre nosotros.

* * *

En el cuarto de enfermería me hicieron desnudarme y me examinaron. Luego me llevaron a otra habitación donde, además del doctor Canales, había dos tipos. Uno de ellos tomaba notas en un rincón; era flaco y vestía chaqueta de cuero. El otro era alto y traía un terno que le quedaba grande. Grandísimo. Querían saber lo que había ocurrido cada minuto de los dos días y la noche que habíamos pasado fuera.

Las preguntas eran formuladas por el doctor Canales con cautela, midiendo su efecto en mí. Él sabía que en cualquier instante podía quebrarme. Había algo lúgubre en ellas, un mal presagio que invadía el espacio y me ahogaba. A través de la ventana podía ver el jardín. Los árboles añosos se mecían como espectros en la oscuridad.

Cuando me hicieron salir, escoltada por un par de hienas, miré hacia el fondo del pasillo.

—¿Dónde está Gabriel? Tengo que verlo —musité.

Necesitaba volver a sentir su calor que hacía las cosas reales.

—No lo creo —zanjó una de las hienas con acritud y me tomó del codo para que continuara caminando.

Subimos las escaleras. Atravesamos las dos puertas, y ahí estaba nuestro piso. Silencioso y quieto, como el decorado de una obra de teatro después de una función. Cuando llegamos a la puerta de mi cuarto con Clara, me detuve.

—Ya no duermes aquí —me indicó una de las hienas.

Tenía la nariz roja, como si se la hubiera estado sobando las últimas cinco horas.

—¿Por qué? ¿Y mis cosas?

—No te preocupes, ya las trasladamos.

—¿Por qué? —repetí en un tono demasiado fuerte.

Ambas se miraron sin decir palabra.

—Ya veo. Estoy castigada.

—Ojalá fuera tan sólo eso —musitó una de ellas, y la otra le dio un codazo para hacerla callar.

—¿Qué pasa, qué pasó? —grité.

Un miedo funesto subió por mi garganta. Algo había ocurrido, lo presentía, lo sabía, pero ¿qué?

—Ahora tienes que descansar —me dijo la mujer de la nariz roja, y me extendió uno de los vasitos de plástico en cuyo interior había dos pastillas que conocía bien.

Mi nuevo cuarto estaba al fondo. Tenía apenas espacio para una cama y un buró. Las persianas estaban cerradas.

—Por favor, díganme qué ocurrió —les supliqué.

Las piernas me flaquearon. Me senté en la cama. En el pasillo oímos un portazo y luego un grito agudo, como de pájaro. Una de las hienas salió a ver qué ocurría.

Estaba de vuelta en Las Flores con sus noches quebradas.

—Tú quédate tranquila e intenta dormir —indicó la mujer, aguardando a que me tomara las pastillas. Me las eché a la boca y me las tragué de un tirón. Al poco rato caía en un sueño profundo y sombrío.

Mi primer pensamiento cuando desperté esa mañana en Las Flores fue para Gabriel. Susurré su nombre.

Sonaba diferente. Era como si su ser se hubiera instalado en el mío.

Abrí las persianas. La luz entraba a través de una minúscula ventana que daba a un muro, iluminando apenas las paredes desnudas de la pieza. Jirones de sueños me rondaban. Me había pasado la noche huyendo de algo y el cuerpo entero me dolía.

Una hiena entró a mi cuarto.

—Podemos ducharnos. Yo te estaré esperando aquí. Dejaremos la puerta abierta. Después vamos a desayunar.

—¿Qué pasa? —le pregunté. Nunca había tenido que ducharme en presencia de una desconocida.

La mujer abrió los ojos con una expresión que parecía decirme: «Si no te enteras, es porque eres estúpida». La odié desde lo más profundo de mi corazón. Odiaba además cuando las hienas hablaban en plural. Yo era yo. Y ella era ella. Ese «nosotras» anulaba el gramo de individualidad que le quedaba a uno ahí dentro. No tuve más alternativa que ducharme con la puerta abierta. No había nada dentro del baño con que, si hubiera querido, hubiese podido quitarme la vida. Cuando terminé de vestirme, escoltada por la hiena, caminé hacia el comedor del piso. El doctor Canales, al vernos, se acercó y le hizo un gesto para que se retirara.

—¿Dormiste bien? —me preguntó y me acompañó hasta la mesa.

Aquel exceso de atención y celo comenzaba a preocuparme.

—Sí, gracias —dije, escueta y seca. Sabía que era inútil seguir preguntando. No iba a recibir respuestas.

Ahí estaban: Clara, con los ojos enterrados en su plato de cereales, en el sitio exacto que solíamos ocupar juntas. Domi, que ya había vuelto, se veía más delgada, con el gastado aspecto de un cansancio extremo. Junto a su séquito, ocupaba el lugar de siempre. En la cabecera estaba una nueva anoréxica con su chaperona personal, fiscalizando cada bocado que se llevaba a la boca. Las Catatónicas comían en silencio. Todas levantaron los ojos y me miraron como si yo fuera un pelícano; luego, los bajaron sin decir palabra. Un frío intenso me asaltó. Me detuve y me abracé, pero la mano firme del doctor Canales en mi codo me hizo continuar. Me senté junto a Clara, pero ella siguió comiendo como si yo no existiera. Sólo sus manos que temblaban delataban la intensidad de sus sentimientos. Tal vez yo no existía, pensé, y todo era parte de mi imaginación. ¿Dónde estaba en realidad? Quizá me había quedado dormida junto a Gabriel y seguíamos en el Sheraton, suspendidos en el tiempo, y todo aquello todavía no ocurría o no ocurriría jamás. Domi fue la única que levantó la cabeza y me miró. La preferida de turno cuchicheó algo en su oído, pero Domi la apartó y no despegó sus ojos de mí. El desprecio parecía haber desaparecido. Clara continuaba comiendo con la vista sepultada en su plato.

—Clara… —musité. Ella se levantó de un salto y echó a andar a paso rápido por el corredor, casi corriendo. A pesar de que ya estábamos en noviembre, llevaba puesta una de sus parkas.

¿Qué sucedía? El doctor Canales y las hienas me miraban desde cierta distancia. Pensé en Gabriel. Tenía que lograr salir al jardín. Necesitaba verlo. Me serví leche, tostadas y mastiqué lento, en silencio. Debía demostrarle al doctor Canales y a sus hienas que todo estaba bien, aunque no fuera verdad. Después del desayuno le pregunté a Gaby si podía acompañarme al jardín. Le dije que necesitaba tomar aire, que ahí dentro me ahogaba.

—No es posible, Emilia —señaló.

—¿Cómo que no es posible? —grité, y luego bajé el tono, consciente de que mi reacción no ayudaba en absoluto a mi cometido.

—Necesitas recuperarte —dijo, con una expresión poco convincente.

—Pero si salgo me sentiré mejor. De verdad necesito tomar aire.

—Lo siento —señaló, dio media vuelta y me dejó hablando sola.

Caminé lentamente para controlar las ganas que tenía de ponerme a gritar y a patalear como una demente de verdad. Entré a la sala de la televisión. No había vuelto ahí desde los primeros días, cuando los medicamentos aún no hacían su efecto. Era una sala aburrida, como todas las demás, con sillones maltrechos, desparramados sin orden. Un par de Catatónicas ya estaba ahí. Me senté en una de las poltronas y fijé la vista en la pantalla. Una mujer preparaba un pavo en una cocina pintada de rosa. De pronto entró Clara, mirando a ambos lados y se sentó junto a mí en el suelo.

—Clara, ¿qué pasa? Dime por favor, qué pasa.

—¿De verdad lo hicieron? —susurró.

—¿Hicimos qué? —pregunté exasperada. Las Catatónicas se voltearon a mirarme.

En ese instante, vimos la silueta de Gaby en el marco de la puerta y Clara salió corriendo.

¿QUÉ MIERDA SUCEDÍA?

Gaby me llamó con un gesto de la mano desde la puerta.

—El doctor Canales quiere hablar contigo —sacó de su bolsillo una barrita de chocolate y me la extendió—. ¿Quieres?

Los chocolates y cualquier alimento que contuviera un exceso de azúcar no eran bienvenidos en Las Flores. Interferían con los medicamentos. Por eso, que Gaby me ofreciera un chocolate era algo en extremo inusual y sólo podía indicar que lo estaba usando como una forma de prepararme para lo que vendría.

—No, gracias —dije. No iba a venderme por tan poco. Quería explicaciones, no «reconfortadores».

Atravesamos las dos puertas de seguridad y bajamos las escaleras enrejadas al primer piso. El corazón me daba tumbos. Me hizo pasar a la consulta del doctor Canales, se quedó fuera y cerró la puerta tras de sí.

—Emilia, ¿cómo se siente? —me preguntó el doctor Canales, al tiempo que se levantaba de su escritorio.

Hice un gesto ambiguo con la cabeza.

—Me imagino que ya intuye que algo le ocurrió a Hugo, ¿verdad? —los tendones de su cuello revelaban su zozobra.

—Sí —afirmé con un hilo de voz.

—Quiero que se lo tome con calma. Debe saber que ni usted ni Gabriel son responsables de lo que le pasó. Hugo tenía dieciocho años, era mayor de edad, y desde el minuto en que accedió a salir de Las Flores, sabía que corría un riesgo muchísimo mayor que ustedes —volvió a sentarse y me miró. Se veía conmocionado.

—Hugo murió. Lo asesinaron.

Eso dijo, y luego calló. Y yo con él. El silencio era tan profundo que podía oír el tic tac del reloj sobre su cabeza.

—Eso es imposible —musité—. Es imposible. Gogo no está muerto, Gogo está en algún lugar, debe ser otro chico, no Gogo, no Gogo, no Gogo.

—Lo siento —dijo el doctor Canales, y emitió un suspiro sofocado.

—Quiero vomitar.

—Venga —me tomó de los hombros y me abrió la puerta del baño de su consulta. Se quedó en el quicio, de pie, mientras yo, de rodillas frente al WC, intentaba que algo saliera de mi garganta. Mi cuerpo convulsionaba, y en cada convulsión algo dentro de mí se desgarraba. No. Gogo no estaba muerto. Me faltaba el aire. Gogo y sus Primeras Palabras, Gogo y la sonrisa que nos dedicó antes de desaparecer, esa sonrisa que estaba llena de esperanza y a la vez de resignación. ¿Qué quería decirnos? ¿Acaso ya sabía? ¿Sabía que al separarse de nosotros todo se precipitaría hacia el fin? Un líquido amarillento salió de mi garganta, era ácido y de un olor intenso. No parecía provenir de las tripas, sino de algún lugar más recóndito. Me limpié la boca y me levanté apenas. El doctor Canales tiró la cadena del escusado y me ayudó a llegar hasta el asiento frente a su escritorio.

—Yo lo vi, estaba tan feliz —dije.

Sentí cómo las lágrimas resbalaban por mis mejillas, las orejas, la barbilla, empapando mi cuello, pero continué hablando, como si las palabras fueran la única forma de deshacer la realidad.

—Gabriel le compró un traje, porque Gabriel es millonario, ¿sabía? Se veía increíble, sí, estaba tan feliz, hubiera visto qué bien le quedaba, y cómo bailaba, todos lo saludaban, y sólo tomaba Coca-Cola, sólo Coca-Cola, incluso cuando Gabriel pidió champán, incluso ahí, él no quiso tomar…

Los labios me ardían, salados.

—Lo siento, Emilia —volvió a decir el doctor Canales, interrumpiendo mi palabrería—. Hugo había ingerido grandes cantidades de alcohol y seguramente otras sustancias. En esas condiciones no podía ofrecer resistencia. Lo encontraron a la mañana siguiente en un callejón. Ya estaba muerto.

Mi cabeza, como un globo, gravitaba sobre nosotros, incapaz de asentarse. Y volaba, volaba lejos, donde el aire pesado y las palabras del doctor Canales no la alcanzaban. Volaba por las calles y las plazas, y llegaba a mi recámara, la de mi casa, y se metía bajo las sábanas en cuya oscuridad todo desaparecía.

Sentí que alguien metía su mano a través de mi esófago, cogía mi corazón y mis tripas y los tiraba hacia afuera por mi boca. Grité, grité, perdí la conciencia del espacio, del tiempo, sólo mi grito que descargaba ese veneno letal que me comía por dentro.

Gaby entró con uno de los vasitos de plástico de la Fila de las Ilusiones. Imaginé que se trataba de clorpromazina. Nunca antes me la habían dado, pero todos hablaban de ella. Eché la cabeza hacia atrás y me la tomé de un trago. Era amarga y pegajosa. Y luego vino el golpe, como el de una gigantesca ola.

PENSABA EN GABRIEL

No sé cuántos días permanecí encerrada en mi cuarto. Luz y oscuridad, una y otra vez. Parecía que la tierra giraba velozmente y en su rodar me arrojaba a los márgenes. Cuando despertaba, imaginaba las cucarachas recorriendo el cuerpo de Gabriel bajo su piel. Las veía invadiendo mi cama, mi cuarto. Veía el cuerpo de Gogo, inerte en el fondo de un callejón oscuro, las moscas posándose sobre su piel, sus ojos abiertos, la sangre. En los momentos de conciencia, pensaba en mamá e imaginaba el dolor que ella debía estar sintiendo al saberme así. Pensaba en Tommy. Y añoraba salir de ese estado.

Una mañana me encontré mejor. Gaby me ayudó a bañarme y a lavarme el pelo. No me molestó que lo hiciera. Su mirada atenta me daba un sentido de realidad. Yo estaba ahí y ella me miraba. Aun así, todo me parecía pesado. Cada una de esas pequeñas acciones cotidianas representaba para mí una empresa gigante que acometer.

Cuando terminé de vestirme, salimos al pasillo. La luz blanca de los tubos fluorescentes hirió mis ojos. Quise volver a la penumbra de las persianas echadas del cuarto, pero Gaby cerró la puerta y me guio al comedor para que tomara desayuno con mis compañeras. Era una mañana de sol y a través de la ventana enrejada entraba una luz de un blanco lustroso, con salpicaduras amarillas de sol.

Esta vez, todas levantaron los ojos y me saludaron. Me senté junto a Clara y ella me abrazó.

—Emi, Emi —decía estrechándome con fuerza—. No podía hablarte. Nos habían prohibido hablarte hasta que el doctor Canales te contara. ¿Me perdonas? —se disculpaba sin soltarme.

—¿Cuántos días han pasado? —le pregunté.

—Cinco. Cinco días desde que volviste. Ahora come algo.

—¿Y Gabriel?

—No lo sé. He salido todos los días al jardín, también he ido al casino, pero no lo he visto por ningún lado.

Me di cuenta de que mi amor por Gabriel había crecido en la oscuridad. Todo mi cuerpo lo añoraba. Una mezcla de ternura y ganas de tocarlo, de estrecharlo, de sentir el calor de su boca en la mía.

—Les he preguntado a todos los chicos y dicen que no lo han visto. Que ni siquiera se ha aparecido por los pasillos —continuó Clara.

Sentí miedo por él.

Domi y su séquito se acercaron a nuestro rincón de la mesa, e incluso las Catatónicas movieron sus sillas hacia nosotras. Me miraban expectantes, como si en cualquier momento yo fuera a estallar o a sacar un conejo por debajo de mi culo.

—Salió en la tele. Cuando Gaby se dio cuenta y la apagó, ya era muy tarde. Todas lo habíamos visto —dijo Domi.

—Dicen que lo desnudaron y que le marcaron una suástica en el pecho con un pedazo de vidrio.

—Que tenía dos dedos cortados.

—Y las piernas quebradas.

—Y quemaduras de cigarrillos en todo el cuerpo.

—Dicen que los tipos estaban drogados.

—Y que escribieron con su sangre en el muro: «Pinche maricón».

—Nadie los vio. No hay pistas.

—Cientos de personas hacen vigilia día y noche en el lugar donde lo mataron.

Sus voces se sucedían unas a otras. Comenzaba a sentirme mareada.

—¡Cállense! ¿No ven que para Emilia todo esto es muy doloroso? —gritó Clara.

Domi hizo un gesto para que me dejaran en paz. Las lágrimas corrían por mis mejillas. Clara me acompañó a la sala de la televisión y ahí pasamos el día. No quería hablar. No podía sacarme de la cabeza la imagen del cuerpo desnudo de Gogo con una suástica de sangre marcada en su pecho.

En la pantalla, una chica rubia aprendía a lanzarse en paracaídas de un avión militar.

—¿Por qué, por qué a él? —le pregunté a Clara. Nos abrazamos llorando en silencio, mientras la chica de la tele se arrojaba al vacío gritando, y una de las Catatónicas declaraba sin pasión:

—Esa tipa está loca.

En la primera sesión que tuve con el doctor Canales después de la noticia de Gogo, le pregunté por Gabriel. Sus gafas le amplificaban los ojos, otorgándole la apariencia de un búho. Se pasó la mano por sus escasas greñas y luego apoyó los codos sobre la mesa.

—La pérdida de Hugo lo afectó mucho —señaló.

—A mí también me afectó.

Esos dos días y esa noche que pasamos fuera de Las Flores me habían cambiado la vida. El amor y la muerte se habían fundido. Gabriel debía sentir lo mismo. Y ese pensamiento no hacía más que exacerbar mi desesperación. Tal vez de eso también se trataba el amor. De saber a ciencia cierta lo que está sintiendo el otro y de sufrir por su dolor como si fuera el propio.

—Ya lo sé, Emilia —dijo el doctor Canales—. Pero a él lo afectó de otra forma.

—¿Cómo? ¿Cómo lo afectó? —pregunté con una calma impostada. El doctor Canales no me respondió. No me iba a decir que Gabriel había perdido la razón. Eso no me lo iba a decir.

—Quiero verlo —señalé desafiante.

—Eso es imposible.

—No lo creo —lo miré retadora.

—¿Me está amenazando, Emilia? —me preguntó, y se rascó la cabeza con insistencia, como si le hubiera caído un nido de hormigas.

—Tengo que ver a Gabriel.

—Es difícil decirle esto.

—Dígamelo —afirmé sin cejar.

—La familia de Gabriel no quiere que ustedes tengan contacto. De tenerlo, amenazaron con llevárselo de aquí.

—Pero ¿por qué?

—Quiero que sepa que no lo comparto en absoluto, pero sus padres consideran que la amistad entre ustedes es negativa para él.

—Eso es ridículo —manifesté, intentando que no notara el efecto que sus palabras tenían en mí.

¿Y si sus padres estaban en lo cierto? Gabriel me había dicho que se había escapado de Las Flores para estar conmigo, para hacerme el amor.

—Por supuesto que es ridículo —escuché la voz del doctor Canales que me hablaba desde una distancia inconmensurable—. Emilia, usted no es culpable de nada —dijo, como si hubiera leído mis pensamientos—. Usted no tiene el poder para determinar el destino de los demás. Nadie lo tiene. Cada uno hace el camino que puede. A veces podemos guiar a los otros, pero en última instancia, cada uno toma sus propias decisiones.

¿Cómo mostrarle esa última mirada de papá antes de subirse a su Bücker Jungmann? Esa mirada que, estaba segura, me imploraba que lo detuviera.

Por primera vez, desde que había entrado en Las Flores, hablé con el doctor Canales. Fue, en rigor, mi primera sesión de terapia. Sus ojos atentos y la seriedad con que me escuchaba me instaron a continuar. Las palabras que habían estado apresadas dentro de mí por tanto tiempo comenzaban a pudrirse en mi interior. Sacarlas, exponer mis temores, hicieron que mutaran levemente de forma, que dolieran menos.

Cuando terminó la sesión, el doctor Canales me dijo que ya podía mudarme al cuarto que compartía con Clara y que también podía salir al jardín.

De vuelta en nuestro piso, Clara y Domi me aguardaban frente a la puerta. Me pregunté qué hacían juntas. Pero antes de que pudiera abrir la boca, ambas me preguntaron ansiosas:

—¿Te dijo algo, saben algo más?

—Puedo volver a nuestro cuarto y salir al jardín —exclamé triunfante.

—Ésa es una noticia genial —señaló Clara, y pasó su brazo por mi hombro—. Te echaba de menos, Emi.

—Nosotras también te tenemos noticias —susurró Domi.

¿Desde cuándo Domi era parte de un «nosotras»?

—Ven, te contamos en la sala de la televisión. Las Catatónicas ni se enteran y las hienas no nos podrán escuchar —dijo Clara.

Bajo la mirada vigilante de las auxiliares de turno, entramos a la sala donde ya estaban instaladas las Catatónicas de siempre. En la pantalla, un chico vestido de *hipster* hablaba del calentamiento global, con un glaciar viniéndose abajo a sus espaldas. Nos sentamos en el fondo, contra el muro. Domi sacó un cigarrillo y se lo plantó en la boca sin encenderlo.

—Tenemos dos noticias buenas y una mala —señaló Clara.

—¿Quieres primero las buenas o la mala? —preguntó Domi.

La luz blanca del techo hacía que su rostro adquiriera una apariencia fantasmal.

—Las buenas —repliqué.

—Esta noche comemos lasaña de espinaca —dijo Clara.

Era uno de los platos menos malos del reducido menú de Las Flores.

—¿Y la otra?

—Uno de los chicos, Roberto, estuvo con Gabriel —dijo Domi.

El corazón me dio un brinco.

—¿Y la mala?

—La mala es que Gabriel no está bien. Lo habían trasladado a las piezas de abajo. Por eso nadie lo había visto —señaló Clara—. Tiene la cabeza rapada. Roberto no sabe por qué. Pero hay otra noticia buena. Ya está de vuelta en su piso.

—Lo primero que hizo fue preguntarle por ti —intervino Domi.

—Quiere verte —la secundó Clara—. El problema es que no puede salir al jardín.

—El problema es mucho peor —les confesé.

—¿Qué? —preguntó Clara con expresión preocupada.

—El problema es que los padres de Gabriel no quieren que nos veamos, y si lo hacemos, lo trasladarán a otra clínica. Creen que soy una mala influencia para él.

—Pero no pueden hacer eso. Es mayor de edad —alegó Domi.

—Supongo que tienes razón, pero no sabemos qué poder tienen sobre él —repliqué.

—Tendrán que verse a escondidas —sentenció Domi.

¿Qué había pasado con Domi? ¿Por qué de ser mi peor enemiga se había transformado en mi aliada? La miré de frente, sin decir palabra, buscando una explicación.

—Ya sé lo que estás pensando —me dijo—. Las cosas cambian.

—Pero ¿por qué?

—Porque eres valiente. Así de simple. Eres de mi grupo. Detesto a los pendejos cobardes —dijo con su acostumbrado desparpajo.

—¿Entonces ya no me detestas?

—Un poco. Mal que mal nos quitaste al único bombón de este basural. Pero bueno, puedo pasar por alto ese detallito —rio.

Una Catatónica se puso a gemir.

—Ya empezaron —comentó Domi, con una mueca de desprecio. Aspiró el cigarrillo sin encender y luego espiró un humo inexistente.

—Todavía tengo las llaves que usaron ustedes para salir —dijo Clara—. Sé que suena a una locura, pero podrían encontrarse por la noche. Roberto nos puede ayudar. Lo mejor es que lo haga Domi. Ni tú ni yo deberíamos acercarnos a Roberto. De Domi no van a sospechar.

Los sollozos de la Catatónica se hicieron más intensos y una auxiliar entró a la sala. La chica, al verla, comenzó a golpear la pared con los puños y los pies. La auxiliar volvió al cabo de un segundo con dos hienas fuertes que cogieron a la chica y la sacaron de la sala.

Una vez que hubo desaparecido, se produjo un duro silencio. Aunque estábamos acostumbradas a esas escenas, siempre resultaban chocantes, sobre todo porque no sabíamos si la próxima iba a ser una de nosotras.

Clara, Domi y Roberto planearon nuestro encuentro. Todavía me resultaba difícil creer que Domi fuera mi aliada y no podía evitar pensar que en cualquier instante podía darme uno de sus zarpazos feroces.

El plan que tenían era el siguiente: los doctores veían con buenos ojos que Roberto se hubiera acercado a Gabriel. Necesitaba un amigo. Pediría autorización para pasar la noche en la cama desocupada contigua a la de Gabriel. Muy tarde, cuando los auxiliares de guardia estuvieran casi dormidos, Gabriel saldría vestido con la chamarra con capucha que solía usar Roberto, se dirigiría a su cuarto que estaba a un costado de la puerta de salida y, en forma muy rápida, la abriría hacia su libertad.

La noche acordada me bañé, me lavé el pelo y me acosté vestida. Clara, a mi lado, me hablaba de los «tipos sicológicos» para mantenerme despierta hasta que pudiera salir. Según esta clasificación, hay dos actitudes en la vida: una extrovertida y una introvertida. Los extrovertidos son los que andan por ahí llevándose la mejor parte de todo, mientras que los introvertidos nos la pasamos debajo de la cama compadeciéndonos de nuestra existencia.

Cuando el piso pareció caer en el más absoluto silencio y en el pasillo las luces adquirieron su tinte cansado, salí del cuarto. Habíamos dejado abierta la puerta de acordeón para que no hiciera ruido al deslizarse. De seguro que después de lo ocurrido las hienas y todo el personal de Las Flores estarían más atentos. Tal vez incluso habían cambiado el protocolo de seguridad. Por eso no era imposible que nuestro plan fracasara. Pero valía la pena intentarlo. Si me descubrían no era mucho lo que podían hacer. Ya había recibido suficiente castigo con la muerte de Gogo. Me deslicé sigilosa por el suelo, alcancé la puerta del piso, la abrí con nuestras llaves y salí.

En el jardín, la luz de una luna a medio camino alumbraba las copas de los árboles y los senderos. La idea de encontrarme con Gabriel me llenaba de felicidad y, al mismo tiempo, de aprensión. Temía que sus fantasmas lo hubieran cambiado. Que yo misma hubiera cambiado. Avancé por el camino de grava hacia Lemuria con el corazón retumbándome en los oídos. Desde cierta distancia vi que ya estaba ahí, echado en la silla de lona de Gogo. Apuré el paso. Gabriel se levantó y salió a mi encuentro. A mitad de camino nos abrazamos.

Habíamos vivido la muerte de Gogo cada uno encerrado en su rincón y nadie más que nosotros podía entender cómo se había sentido el otro. Nos estrechamos. Su cuerpo se estremeció. Respiraba agitado. Supe que lloraba. Lo abracé con más fuerza.

—Aquí estoy, ya pasó.

Él respiró fuerte.

Aquí estoy.

Aquí estoy.

Aquí estoy.

Podía sentir su dolor que llegaba en oleadas a su pecho, sacudiéndolo, como una descarga de electricidad. Lo estreché más, y él se dejó ir en mis brazos.

—Tengo miedo, Emi —dijo con el rostro oculto.

—Lo sé. Yo también.

Lo llevé al suelo sin soltarlo. Lo acuné como a un niño. Su cara y mi camiseta y mi hombro estaban mojados con sus lágrimas. Poco a poco su respiración se fue haciendo más calma, entonces levantó los ojos y vi al chico frágil que era.

—Gracias —dijo.

Lo besé suave en los labios.

Recién entonces me percaté de su cabeza rapada. Había enflaquecido. Llevaba sus jeans, dentro de los cuales su cuerpo flotaba. Me di cuenta de que se había arañado los brazos y las heridas aún no sanaban del todo.

—Las cucarachas de números —me dijo con su sonrisa irónica.

Sus ojos parecían perdidos, nublados, como si alguien le hubiera rellenado la cabeza de nubes, pero no de nubes etéreas y buenas, sino de esas comprimidas y pesadas que no auguran nada bueno. Nos quedamos un buen rato así, abrazados, sin soltarnos.

—No sabes cuántas veces en estos días imaginé esto —me dijo.

—¿A mí?

—Tú y yo.

Advertí su erección contra mi muslo. Sus manos buscaron mis pechos. Desanudó la chamarra que llevaba atada a la cintura, la extendió en el pasto y ambos nos echamos sobre ella.

Hicimos el amor sin apuro, en una unión donde se mezclaban el deseo, la ternura y la tristeza. Luego nos quedamos tumbados mirando el cielo. No sé cuánto tiempo transcurrió, uno al lado del otro, escuchando nuestras respiraciones.

—Cuando me duermo, sueño que el mar se da vuelta de revés y que bajo el agua hay ríos de sangre. Sangre de Gogo

—habló de pronto—. Lo que más me preocupa es no saber en cuántos putos días o meses o años voy a lograr vencer a mi cabeza, y si lo logro, si lo logro… —su voz quedó suspendida.

—Si logras ¿qué?

—No sé si vas a estar aquí. Conmigo.

—Yo no te suelto, Gabriel —dije y lo abracé. Recordé las palabras de Gogo en mi oído la noche fatal.

Al cabo de un rato me anunció que tenía algo importante que decirme. Me pidió que me sentara en la silla de Gogo y él se sentó frente a mí con los pies cruzados.

—Mis padres no quieren que nos veamos, Emi.

—Lo sé.

—¿Cómo lo sabes? —me preguntó sorprendido.

—Me lo dijo el doctor Canales después de que yo lo extorsionara con revelar su vida privada.

—Que dada su apariencia de galán de telenovelas debe ser escandalosa.

Ambos reímos. No había nadie en el mundo que se alejara más de la imagen de un galán que el doctor Canales.

—Me amenazaron con sacarme de aquí —dijo, volviendo a su seriedad—. Dicen que los doctores son unos inútiles, que Las Flores es un lugar inseguro, que lo que le pasó a Gogo es culpa de ellos y una sarta de otras pendejadas. También creen que tú ideaste nuestra fuga. Traté de explicarles. Te juro que traté. Pero no me creen. No me escuchan. Mamá lloraba como una histérica. Cree que soy el chico más inocente del mundo. Si supiera… —agregó con un sonsonete triste.

Me habló sobre la culpa que sentía. Le destruía la noción de haber sido él quien ideara y liderara nuestra fuga. Yo intenté convencerlo de que cada uno era responsable de sus actos, y que Gogo lo había sido de los suyos. Eran las palabras del doctor Canales. También me confesó que hacía días no se tomaba el Rize, y que se pasaba la noche en vela.

La luna llena y salvaje arrojaba su luz sobre el jardín. Nos quedamos en silencio, mirando las sombras que se formaban en el pasto.

—¿Cuándo te sacan de aquí? —le pregunté apenas.

—Eso no va a pasar, Emi. Ya se los dejé muy claro a mis padres. Yo no voy a irme a menos que mi siquiatra me diga que ya estoy preparado para salir. Pero a otra casa como ésta, ni muerto. Literalmente.

—No digas eso.

—Casi lo olvidaba —dijo, y sacó un papelito doblado de su bolsillo—. Aquí está mi número de celular, mi mail, mi nombre.

Gabriel.dinsen@gmail.com
98433289

—Si cualquier cosa pasara… —yo lo detuve, cubriendo su boca con la palma de mi mano y le di un beso.

—Aquí estás —le dije, levantando el papel en mi puño cerrado.

Ya amanecía cuando decidimos volver. Antes de separarnos le hice prometerme que se cuidaría, que cuando la oscuridad arremetiera otra vez, pensara en nosotros, en nuestro sueño. Pronto estaríamos fuera, volando hacia Lemuria. Quedamos de reunirnos ahí mismo a la noche siguiente. Lo vi alejarse con su paso cimbreante y su cuerpo enflaquecido, los ojos enterrados en el camino, como si se dirigiera a ningún sitio. Una tristeza profunda golpeó mi pecho. Gabriel no estaba bien, eso era evidente, y temí por él. Temí por él como no había temido por nadie más en el mundo.

DOMI

Al día siguiente, mientras aguardaba a que llegara la noche para reunirme con Gabriel, estuve con Domi a solas por primera vez. Clara había bajado al jardín y Domi estaba en su lugar de siempre, sentada en el suelo contra la pared, próxima a la consola de las hienas, limándose las uñas. Ella había sido de alguna forma la artífice de mi encuentro con Gabriel y lo menos que podía hacer era agradecérselo.

—¿Todo bien? —me preguntó alzando la vista.

Me senté a su lado.

—Gracias por lo de anoche —le dije.

—¿Lo pasaron bien los tortolitos? —preguntó con su sorna acostumbrada. Era, al fin y al cabo, la Domi de siempre. Hice el amago de levantarme, pero ella me detuvo—: ¿Quieres un cigarro?

Caminamos juntas a la Sala del Humo.

—Me llamo Dominique Gironde —declaró muy seria cuando estuvimos adentro y extendió la mano para estrechar la mía—. Aquí nadie quiere revelar su identidad. Nunca se sabe, puedes estar al lado del próximo presidente de Chile —rio—. Pero a mí no me importa.

Recordé el papelito que tú me habías dado la noche anterior, y que llevaba en el bolsillo de mis jeans. Domi se arrellanó en uno de los destartalados sillones amarillos de tevinil y, como un estilizado felino, extendió sus largas piernas.

—¿Sabías que llevo aquí nueve meses? —no le comenté que Clara me lo había mencionado—. Por eso tengo algunos privilegios.

—¿Y no te dan ganas de dejar todo esto? —le pregunté.

—¿Y qué harías afuera? Aquí estoy bien.

—¿Y tu familia?

—¿Mi familia? —soltó una carcajada irónica—. Mi padre paga.

—Sí, claro, ¿pero no piensa que estarías mejor en otro lugar?

—Me basta con que pague. Los padres de Rita, esa chica mórbida que estaba aquí cuando llegaste, se negaron a seguir pagándole. Estaba en su peor fase, tú la viste. Nosotras por lo menos tenemos posibilidades de salir si nos lo proponemos, pero ella no podrá salir jamás de ese cuerpo.

Era la primera vez que la oía hablar de alguien con compasión. Encendió un cigarrillo y aspiró hondo. Una chica abrió la puerta, pero Domi la miró con una expresión fulminante y la chica se fue. Domi se estiró aún más en su sillón de tevinil.

—¿Te has fijado que los terapeutas siempre dicen que la verdadera razón por la cual estamos aquí es nuestra familia? ¿Pero dónde está? Una vez que nos encierran, dejamos de ser parte de su vida. Y ellos de la nuestra.

Pensé en mamá, en Tommy, en el tío Nicolás, y me sentí mal por no ser capaz de vivir en el lado de la luz, a pesar de todo el amor que me tenían.

—Dicen que nosotros somos el «síntoma» de una familia enferma. La espinilla que viene a arruinar las lindas caritas de las familias que están podridas por dentro. Jajaja —hizo una parodia de risa—. ¿Quién te dice que yo estoy más enferma que todos esos pendejos encorbatados que hablaban por la tele de Gogo? Dime, ¿quién?

Recordaba bien a los encorbatados. Hablaban desde un lugar obscenamente lejano, donde las atrocidades como las de Gogo jamás podrían tocarlos.

Las palabras de Domi me calaban hondo.

—Oye, esas uñas tuyas están hechas un asco. ¿Cómo pretendes ir a tu cita así? —cambió de tema bruscamente—. Ven, necesitas una manicura profesional. Falta una hora para la comida. Tenemos tiempo —me tomó de la mano y salimos.

Su cuarto estaba en el centro del pasillo y siempre tenía la puerta plegable cerrada. Su cama estaba en un rincón, y a su lado, un colchón desnudo, del tamaño de uno matrimonial, ocupaba la mayor parte del espacio. Sus paredes estaban vacías, a diferencia de las del resto de las internas, que las tapizaban con fotografías de playas, fiestas, amigos, etcétera. Una vida alegre que probablemente jamás tuvieron.

—Era la cama de Rita —señaló.

—No sabía que durmieran en la misma pieza.

—¿Quién más iba a dormir con alguien que necesitara una cama de este tamaño?

—Pero ¿por qué tú?

—Porque yo la elegí. Como te elegí a ti y a todas las chicas y chicos que pueden acercarse a mí a menos de un metro de distancia.

—Pero nunca estaba con ustedes.

—Porque Rita vivía en su mundo.

—No dejas de sorprenderme, Domi.

—¡Y te quedan muchas más cosas por descubrir! —exclamó—. Ahora siéntate en mi cama —me ordenó.

Extrajo una llave del bolsillo de su pantalón y abrió su clóset. Las repisas estaban repletas de ropas que parecían a punto de caerse como gallinas degolladas. Abrió un cajoncito donde tenía al menos una docena de barnices de uñas de todos los colores y una serie de adminículos que debían servirle para su labor de manicurista.

—¿Ves? —dijo, al tiempo que me señalaba una pinza de metal—. Éste es uno de mis privilegios. No a cualquiera la dejan tener armas letales en sus cajones. La condición es que el puto clóset esté siempre cerrado. Ya se dieron cuenta de que lo mío es drogarme y coger, no suicidarme.

Movió su buró para que yo pudiera poner las manos, e instaló su set de manicura sobre su cama.

—Rosa malva y después unas florecitas blancas. Gabriel se va a volver loco.

—Domi —dije, mientras ella examinaba mis uñas—. No me has contado cómo llegaste aquí.

—Ah, eso —dijo, barriendo el aire con una mano.

Mientras cortaba mis cutículas y me limaba las uñas, me contó parte de su vida, sin drama, como si narrara la trama de un libro o de una película.

La bomba estalló en un viaje de sus padres a Buenos Aires. Una de las miles de reconciliaciones que sobrevenían a sus continuas peleas. Al parecer, cuando ya se disponían a volver, después de haber paseado dos semanas por «las cashecitas de Buenos Aires» (la ironía es suya), comiendo carne hasta intoxicarse de proteínas y comprando compulsivamente las cosas más estúpidas, después de todo eso, mientras la madre hacía la maleta de su padre, descubrió un set completo de ropa interior de una costosa marca francesa talla xs, un tamaño de calzoncito parisino que no le hubiera cubierto siquiera una de sus nalgas. Su madre, despechada, decidió no volver. Tomó un pasaje a la India y desapareció. De vuelta, el padre se entregó por completo a sus amoríos con chicas talla xs, y Domi siguió viviendo con sus abuelos, donde sus padres la habían dejado antes de partir de viaje. Lo cierto es que la habían abandonado mucho antes, aunque vivieran con ella. Sus constantes riñas, que terminaban en fogosas reconciliaciones, habían estado siempre en el centro de su vida. Nunca hubo espacio para Domi.

Instalada en casa de sus abuelos, Domi necesitaba sensaciones fuertes que la hicieran olvidar que su padre se cogía a chicas de su edad y que su madre había cerrado hasta su mail. Sensaciones como echarse unos gramos de coca, o una botella de bourbon, o una buena encamada con un chico. El que fuera. Cuatro años después, su madre retornó. Se había convertido en una alcohólica. O tal vez lo había sido siempre, por eso las riñas y la violencia de su relación con su padre. De todas formas, ya era muy tarde para todos. Incluso para ella misma. Su esposo vivía hacía un año en Uruguay con otra mujer, y Domi no estaba dispuesta a dejar a sus abuelos y su vida en libertad para hacerse cargo de una alcohólica. La encontraron muerta una mañana, en los escalones de la piscina de su edificio de departamentos, y en la autopsia, además de alcohol, aparecieron otras sustancias. Nada de esto disuadió a Domi de seguir consumiendo tal vez las mismas drogas que habían llevado a su madre a la muerte. Las necesitaba para vivir. También el sexo. A menos que alguien la detuviera. Cuando su padre retornó de Uruguay por algunos días a cerrar un negocio, y la encontró en los huesos y con la piel y los dientes destruidos por la droga, la internó en una clínica en Vitacura. Al cabo de unos meses se dio cuenta de que lo de Domi iba para largo y la cambió a Las Flores que era más barato. Su padre, de vuelta en Uruguay, no tenía más contacto con ella que el de pagarle la clínica y engrosar una cuenta a su nombre que ella podría reclamar una vez que estuviera fuera.

De todo esto me enteré mientras Domi, después de haberle dado a mis uñas una base rosada, dibujaba unas delicadas florecitas. Terminaban de secarse, cuando sonó el timbre que anunciaba la hora de la cena. Antes de salir me detuvo.

—Espera.

Sacó de uno de sus cajoncitos un frasco de perfume y roció mi cuello y mis muñecas.

A la hora acordada, y con mis uñas de florecitas, salí arrastrándome por el pasillo de la misma forma que lo había hecho la noche anterior. Caminé sigilosa, con el corazón latiéndome a toda velocidad. Alguien había volcado la silla de Gogo y la devolví a su lugar. Estaba tan estropeada que cuando uno se sentaba, el trasero le llegaba hasta el suelo. Aun así, con sus piernas de zancudo, era la silla más noble de todo el universo. Era el centro de nuestra Lemuria y el símbolo de todo lo que nos había unido.

Seguí caminando. Podía anticipar la alegría de Gabriel cuando lo abrazara, sus ojos chispeantes de deseo y de ilusión. El aire nocturno colgaba del cielo como una tela. Cuando llegué al sitio convenido para esa noche, entre los pinos del fondo del jardín, me di cuenta de que nuestros amigos nos habían dejado una manta. Me recosté sobre ella, extendí los brazos y respiré hondo. Las florecitas en mis uñas brillaban como mariposas nocturnas. Cerré los ojos e imaginé su llegada silenciosa. Lo imaginé acuclillado frente a mí, observando mis pechos que subían y bajaban con mi respiración. Lo imaginé tocándome. Un calor súbito recorrió mi espina dorsal y se propagó por todo mi cuerpo.

Había olvidado mi reloj y perdí la noción del tiempo. Su demora comenzó a inquietarme. Me levanté y comencé a dar vueltas muy lento alrededor de los pinos. Uno, dos, tres, cuatro… Di treinta vueltas. Si en cada vuelta me demoraba treinta segundos, habían transcurrido quince minutos. Conté hasta cien con los ojos cerrados, imaginando que cuando terminara de contar, él aparecería, como surgen los príncipes de los cuentos cuando las princesas están a punto de sucumbir.

Oí unos pasos. Abrí los ojos y avancé por el camino en su busca. A cierta distancia vi una silueta que se aproximaba. Era una figura casi tan alta como la de Gabriel, pero más gruesa. Caminaba a pasos rápidos por el sendero. Probablemente se trataba de un auxiliar, lo que sólo podía significar una cosa: lo habían atrapado. Me oculté tras unos arbustos y permanecí ahí sin respirar, aguardando a que el tipo continuara su camino. ¿Qué ocurriría ahora? El auxiliar terminaría por hallarme, y luego ¿qué? Y luego ¿¿¿qué???

Una rama se desprendió de un árbol y cayó a pocos metros. El sonido alertó al auxiliar y enfiló hacia el sitio donde me encontraba oculta. De pronto lo vi, era Roberto.

—Emilia —susurró—. ¿Estás ahí?

Salí de mi escondite.

—¿Qué pasó? —balbuceé. Mi cuerpo entero temblaba. Lo cogí por los brazos y comencé a remecerlo—. ¿Qué pasó? ¿Qué pasó? —repetí.

—Tranquilízate, por favor.

—¿Dónde está Gabriel?

—No lo sé.

—¿Cómo que no lo sabes?

—Cuando volví del jardín esta tarde ya no estaba en ninguna parte. Lo busqué en su pieza, en los baños, en la sala de la tele, incluso fui al casino. Y nada.

—Pero si yo estuve con él anoche.

—De verdad que no lo sé. Es posible que haya tenido algún tipo de crisis. Nadie quiso decirme.

—Pero él sabe que yo estoy aquí —mis palabras sonaban huecas—. ¿Crees que se lo llevaron de Las Flores?

Temí lo peor.

—De verdad no lo sé —insistió. Su voz era cada vez más débil.

Retornamos por el camino de grava lentamente. Atrás quedaba la manta donde Gabriel y yo nos hubiéramos amado, bajo ese cielo que ahora nos miraba lejano.

En las escaleras nos despedimos.

—¿Qué hora es? —le pregunté a Roberto antes de seguir a mi piso.

—Las doce de la noche —me respondió.

Las doce de la noche de ese día jueves 10 de noviembre sería la hora cero. Desde ese instante empezaría a contar los minutos y las horas hasta encontrarme nuevamente con Gabriel.

Apenas la luz de la mañana se apostó en la ventana enrejada, salté de la cama y me dirigí a la consola de las hienas. Tenía que ver al doctor Canales. Él me daría una explicación. Me diría que todo estaba perfectamente, que Gabriel había enfermado de algo insustancial y lo habían llevado a la enfermería, que pronto se pondría bien.

—El doctor no viene hasta el lunes —me informó la hiena de turno, con esa sonrisa satisfecha de quien goza frustrando en los demás sus deseos y necesidades.

—Es que tengo que hablar con él, ¿no puede llamarlo? —le rogué.

—Lo siento, mi niña, tendrá que esperar hasta el lunes para su sesión —sentenció, y volvió a sus papeles como si yo hubiera desaparecido ante sus ojos.

Estábamos recién a sábado y no sabía cómo iba a soportar esas cuarenta y ocho horas sin saber de Gabriel. Esa tarde salí al jardín con Clara y Domi. Tenía la esperanza de que Roberto nos diera alguna noticia.

Lo aguardamos sentadas en una de las bancas del jardín, que al igual que el resto, tenía la pintura descascarada y olía a desinfectante. El cielo estaba cubierto por una película blanca de cumulonimbus que se deslizaba hacia la cordillera a toda velocidad. Unos chicos jugaban a la pelota en el fondo del jardín y sus voces nos llegaban en ondas movidas por la brisa. Cualquiera hubiera dicho, al mirar el paisaje que teníamos al frente, que se trataba de un campo de veraneo venido a menos. Había que observar con más detenimiento para ver a los chicos que vagaban sin rumbo, o a los Catatónicos y Catatónicas echados en los rincones aguardando el momento de volver a sus sitios seguros frente a la televisión.

Al rato llegó Roberto. El cuarto de Gabriel estaba vacío. Se habían llevado todo. Incluso las sábanas de su cama. Roberto había buscado en todas partes, bajo su colchón, en los reversos de sus cajones, por si hubiera dejado algo para nosotros, para mí, pero no había hallado nada. Ya no me cabía duda, sus padres lo habían sacado de Las Flores.

Ese fin de semana pasé las horas frente al único teléfono del piso por si Gabriel me llamaba. Gaby había autorizado que yo marcara el número que él me había dejado, pero no funcionaba. Sus padres se habían encargado de que yo no tuviera acceso a él. Clara y Domi, a mi lado, intentaban sin éxito animarme. Domi mataba el tiempo haciendo dibujitos en mis uñas: arabescos, margaritas, estrellas, que yo raspaba con mis dedos antes de que se secaran. La idea de la belleza o de cualquier cosa que no fuera su llamada me provocaba dolor. Clara, a su vez, desplegaba teorías sobre los más diversos temas, que yo era incapaz de seguir.

—La singularidad de cada uno de nosotros es producto de un error en el proceso de copiado del ADN. ¡Un error! ¿Se dan cuenta? —exclamaba con entusiasmo—. Si te tocó un error «bueno» eres un genio y si te tocó uno «malo» eres un completo idiota.

No sé cuánto de verdad había en sus aseveraciones, pero daba igual. Agradecía sus presencias. A instantes sentía tal agradecimiento por lo que hacían por mí, que las abrazaba, y entonces era inevitable que los ojos se me llenaran de estúpidas lágrimas. Tenía también el mail de Gabriel, pero conseguir acceso a una computadora era impensable. Cuando se los comenté, Domi me miró con una expresión astuta y frunció la boca.

—¿Qué? —le pregunté.

—Nada es imposible.

—¿Estás sugiriendo que puedes hacerlo? —preguntó Clara.

—Puedo intentarlo —dijo, y posó su dedo índice en cruz sobre su boca, en señal de silencio.

Durante ese fin de semana sólo abandonamos nuestro sitio para las meriendas. Ese aparato, colgado de la pared como un cuervo, me unía a Gabriel. De tanto en tanto, sonaba. Yo me levantaba de un salto y escuchaba una voz que preguntaba por Ana, o Antonia, o Valentina, y desde mi puesto gritaba el nombre de la chica.

Nadie nos reprendía. La fuerza del amor que tenía por Gabriel se había derramado en todas las demás. Supongo que era como presenciar en primera fila una teleserie romántica.

El domingo por la mañana Domi nos contó que había escrito al mail de Gabriel y su mensaje había rebotado. Su mail no existía. Lo habían eliminado. Lo habían hecho desaparecer. Fui incapaz de decir nada, tal era mi abatimiento. Clara quería saber cómo lo había conseguido.

—Es mejor que no lo sepas —declaró Domi muy seria. Clara no insistió. Cualquier cosa era posible con Domi.

* * *

Ese lunes por la mañana el doctor Canales me confirmó que la familia de Gabriel lo había sacado de Las Flores. Se lo habían llevado a la fuerza en un operativo que el doctor Canales llamó «intervención». Nadie en su piso lo vio salir ni se enteró.

Era cierto que la muerte de Gogo había arrojado a Gabriel de vuelta a la oscuridad. Era cierto que si no nos hubiésemos escapado, lo de Gogo no hubiera ocurrido, Gabriel no habría tenido una nueva crisis. Era comprensible también que sus padres, enceguecidos por su «amor de padres», necesitaran culpar a alguien de nuestra fuga. Pero lo que no entendía era que ellos no escucharan lo que él tenía que decirles, que no tomaran en cuenta sus sentimientos ni su voluntad, que no supieran quién era su hijo.

Dos semanas después, el doctor Canales me anunció que me daría de alta.

—Desde hace algún tiempo le hemos ido disminuyendo los medicamentos, Emilia —declaró.

No me lo había confesado antes para que no me sintiera indefensa, pero según él yo ya estaba en plena forma para asumir los retos que me esperaban fuera de Las Flores. Yo no estaba en absoluto de acuerdo. Le expliqué que necesitaba mis sesiones de terapia, la mirada atenta de Clara y sus divagaciones por la noche antes de dormirnos, necesitaba ese Adentro que me protegía. Pero por sobre todas las cosas, estaba Gabriel.

—Si salgo de aquí voy a perder toda posibilidad de encontrar a Gabriel. Éste es el lugar que nos une. Yo no puedo irme —dije con la voz quebrada.

Era un argumento difícil de sostener, pero sentía que en el mundo vasto de Afuera nos perderíamos para siempre.

—Ya le he dicho. Gabriel no podrá ponerse en contacto con nadie por un buen tiempo. Está bajo estricta vigilancia. Pero él sabe quién es usted y, al fin, podrá encontrarla.

—Tal vez para ese entonces ya sea muy tarde. Y usted lo sabe.

—No debe pensar eso.

—Es que lo pienso. El tiempo es fundamental en esto.

—Le aseguro que los mejores profesionales están ayudándolo. Gabriel va a estar mejor y entonces la buscará. En tanto, usted ya está preparada para salir. ¡No puede quedarse aquí el resto de su vida! —exclamó, moviendo sus largos brazos, al tiempo que un tazón lleno de lápices volaba por el aire.

—Uffff —bufó, y se levantó de su silla giratoria. De rodillas recogió los pedazos del tazón roto y los lápices que habían quedado esparcidos por el suelo. No pude dejar de sonreír.

—¿Y usted?

—Y yo ¿qué?

—¿Cuándo va a salir de aquí?

—Así como me ve, yo creo que nunca.

A pesar de mi tristeza, ambos sonreímos.

Tal vez él tenía razón y ya era hora de salir de ahí. El cambio, pensé, se inicia en el momento que tomamos la decisión.

—¿Cuándo? —le pregunté.

—En tres días —me respondió ya erguido, con los lápices en la mano.

A la hora del almuerzo les conté a Clara y a Domi. Por un buen rato permanecimos en silencio, con los ojos enterrados en el plato y mi partida suspendida sobre nosotras.

Me angustiaba la idea de dejarlas. De iniciar una vida sin ellas, tras las paredes de Las Flores, en ese mundo donde había muerto papá y donde habían asesinado a Gogo. Pero sobre todo me angustiaba la certeza de que Gabriel me había dejado una nota en alguna parte y ya no tendría la oportunidad de encontrarla. Me había dado sus señas y ninguna de ellas había funcionado. Su celular estaba cortado y su mail había desaparecido en la nube virtual. Él sabía que sus padres tarde o temprano lo sacarían de ahí. Debía haber algo más. Gabriel, el genio de las matemáticas, tenía que haberlo previsto. Estaba segura de ello.

Cuando nos encontramos con Roberto esa tarde en el jardín, le pedí que subiera otra vez a su piso, que entrara al cuarto de Gabriel y que buscara hasta hallar algo. Una marca en la pared, un pequeño objeto oculto en algún recóndito sitio de su alcoba. No sabía exactamente qué. La idea era descabellada, pero también me parecía imposible que no me hubiese dejado algo. Algo que me llevara de vuelta a él.

Apenas vimos a Roberto acercarse por el sendero con los hombros encogidos, supimos que no había encontrado nada.

La noche previa a dejar Las Flores, Clara, Domi y yo salimos al jardín. Por la tarde había corrido un viento tibio y ahora el aire estaba quieto, como si una tormenta sostuviera el aliento para echarse sobre nosotras.

Habían ocurrido tantas cosas desde esa primera noche en que Clara, Gogo, Gabriel y yo habíamos salido. La Clara que ahora tenía al frente, que miraba hacia el cielo y respiraba hondo, absorbiendo su misterio, no era la misma de ese tiempo. Menos aún, Domi. Ninguna de nosotras lo era. Todas habíamos cambiado. Y ahí estábamos, corriendo hacia Lemuria mientras Clara gritaba:

—¡La que llegue primero se queda con la silla de Gogo!

Domi, que nos llevaba varios centímetros de piernas, nos adelantó y con un gesto teatral se dejó caer en la silla. Encendió un cigarrillo y echando el humo hacia arriba, al modo de las estrellas de cine antiguas —las modernas no fuman—, dijo:

—Señorita Agostini, no sé si usted está consciente de la vida que la espera: fiestas, drogas, sexo… la trilogía que responde a la sigla de FDS —el extremo de su cigarrillo brilló en la oscuridad con un resplandor naranja.

—La verdad es que no —sonreí—. Me imagino una deliciosa tina caliente, o que por fin voy a poder depilarme sola sin que nadie me mire. Esas cosas, ya sabes, tonterías de la vida en libertad.

Por un lado, ansiaba volver a casa, reanudar mi vida junto a Tommy y a mamá, pero por otro, temía encontrarme con los sentimientos que había dejado encerrados entre sus paredes. Me atemorizaba también volver a lidiar con la vida.

Un perro ladró, y sus ladridos se propagaron en oleadas sobre los árboles y los senderos, sobre las grúas de la construcción y los cerros al otro lado del muro.

—Es hora de que lo vayas considerando. Sígueme —se levantó de la silla y yo obedecí—. Clara, ¿qué tal uno de tus poemas/rap?

—Por qué no —replicó Clara, y se sentó en la silla de Gogo.

> *Me haces falta*
> *con mucha premura*
> *me como una palta*
> *y pierdo la cordura.*

Domi se quitó las zapatillas y se puso a bailar. Llevaba unos jeans ajustados y una camiseta que dejaba al descubierto su estómago plano y una argolla en el ombligo.

> *Te miro al revés*
> *con ojos largos*
> *y pasa todo un mes*
> *con resultados magros.*

Domi comenzó a cantar. Volvía cada frase de Clara en canción. Tenía una voz tremenda, brillante y cálida. Toda una revelación.

—Mueve las caderas con actitud —continuaba Domi, mientras yo intentaba seguirla. Domi movía sus caderas y daba pasos a un lado y al otro, cantando y desplegando los brazos, muy fuera de mi estilo «no-estilo».

No tiene sentido
tanta tonteraera
suelto un bramido
sin anteojeras

Poco a poco me fui soltando. Recordé la noche en que Gabriel y yo bailamos hasta la madrugada. La noche en que Gogo desapareció, la noche en que hicimos el amor por primera vez. Los ojos se me llenaron de lágrimas, pero seguí bailando. Seguí, seguí, y mi pequeña vida comenzó a desfilar ante mis ojos. Vi la sonrisa de papá cuando emprendió su último vuelo, vi los aviones temblando en la oscuridad de mi cuarto, vi a Gabriel, sus lágrimas mojando mi cuello, vi el cielo, amplio, infinito, que me aguardaba allá Afuera, todo eso vi.

La oscuridad se iluminó por un rayo tan amarillo como el azufre, y a los pocos segundos un trueno resonó en la distancia. Un aguacero cayó sobre el jardín, sobre sus árboles, sobre lo que había sido mi vida en esos meses. Un aguacero a finales de noviembre.

—¡Esto es increíble! —exclamó Domi, quitándose la camiseta.

Sus gigantescas tetas brillaron en la oscuridad. También Clara y yo nos desprendimos de nuestra ropa y dejamos que el agua nos mojara. Las ramas de los árboles se agitaban en el aire nocturno. Corrimos hacia la casa, empapadas. Cuando estuvimos dentro nos abrazamos, así, medio desnudas, y nos prometimos nunca olvidar esa noche. Nunca olvidarnos. Nunca.

CUARTA PARTE

Lemuria

Mamá prepara el pollo arvejado que el tío Nicolás sugirió para la cena. Sentados a la mesa de la cocina, Tommy y yo bebemos limonada; el tío Nicolás y mamá, una copa de vino. Se siente bien. Todos hablando al mismo tiempo y, como telón de fondo, los destellos del árbol de Navidad que nos llegan desde la sala. Papá no está. Pero todos sabemos eso. Y todos nos sobreponemos a la idea. ¿Es así verdaderamente? No lo sé. Y si lo fuera, ¿significa que podemos prescindir de las personas que amamos cuando desaparecen? Esta noción me produce alivio y al mismo tiempo temor. Lo que sí resulta evidente es que la vida no se detiene aunque nosotros no podamos seguirle el paso, que las estaciones se suceden unas a otras, que los días se desarman con sus fatalidades y se arman otra vez. Y si la vida continúa su curso sin nosotros, no tenemos más alternativa que alcanzarla.

—Bueno —dice el tío Nicolás, y apoya ambas manos en la mesa—. Llegó la hora de ver el mapa de Lemuria.

Es la señal que aguardaba para subir corriendo las escaleras y traer el mapa de Gabriel. A pesar de la excitación, antes de bajar, marco el Número Fantasma. Como siempre, al primer timbrazo la comunicación se corta. Pero ya sé que es así. Y también sé que alguna vez será Gabriel quien me responda.

Mamá despeja la mesa y ponemos el mapa sobre ella. Mientras lo miramos, el tío Nicolás y yo les contamos del descubrimiento de Gabriel y de mi intención de volar hasta Lemuria en busca de los restos del avión de Amelia.

—¿Y yo puedo ir? —pregunta Tommy, con los ojos brillando de excitación.

—Eso lo veremos —dice mamá con una seriedad fingida.

En tanto, el tío Nicolás no quita los ojos del mapa.

—Es magnífico —dice una y otra vez, al tiempo que pasa la mano sobre el papel, tocando sus montañas y sus mares—. La posición de Lemuria es muy clara. Ahora que lo veo, Emi, no me parece imposible que el avión de Amelia haya caído ahí.

—¿Le hablarás a Linda Finch? —le pregunto.

—¡Bueno, primero tengo que encontrarla! Pero no creo que sea demasiado difícil.

—¿De verdad?

—Muy de verdad —dice el tío Nicolás.

Por primera vez, tengo la impresión de que aun cuando no puedo ver a Gabriel, él está aquí con nosotros.

Afuera la madrugada comienza a arrojar sus primeros destellos. Por la noche Tommy se vino a mi cama y ahora duerme a mi lado. Yo, en cambio, apenas he podido dormir. Intento no moverme para no despertarlo. Anoche, después de cenar, mamá prendió la tele para ver las noticias. Una imagen llamó mi atención. En la pantalla apareció una foto de dos chicos. Una selfie. Ambos riendo. Uno de ellos fue hallado muerto en una de las riberas del río Mapocho. Su nombre era Exequiel Díaz y en su pecho, marcada a cuchillo, tenía una suástica. Mamá apagó la tele y me abrazó.

—Enciéndela —le dije con firmeza.

—¿Para qué, Emi? No te hace bien.

—Es la realidad, mamá. Tú misma lo dices siempre.

—Pero no ésta, no ésta —señaló, y me abrazó con más fuerza.

Por eso ahora no puedo dormir. La imagen del cuerpo ensangrentado de Gogo con la suástica en el pecho, como la de Exequiel, me atormenta.

Recuerdo una y otra vez esa noche, la noche fatal. Gabriel y yo buscando a Gogo en esa sala maloliente, nuestros corazones acelerados de miedo. Gabriel y yo. Gabriel y yo. Y la suástica de sangre en el pecho de Gogo.

Súbitamente, algo se abre en mi cabeza y los veo frente a mis ojos. Los tres tipos con quienes nos dimos de bruces en

223

la calle. Sí, son ellos. Tengo la impresión de haberlo sabido todo el tiempo.

Uno de ellos llevaba los pantalones ensangrentados. Recuerdo sus ojos amenazantes y, a la vez, el miedo que me transmitieron cuando se toparon con los míos. Mientras amanece, me esfuerzo por reconstituir sus rostros, sus estaturas, sus atuendos, y para cuando el día está apostado en la ventana, ya tengo una idea clara de la apariencia de cada uno.

A las ocho en punto me levanto de la cama, bajo a la cocina, cierro la puerta y marco el número de Las Flores.

—Soy Emilia Agostini. Tengo que hablar con el doctor Canales con urgencia —digo cuando alguien responde al otro lado del auricular.

—Él no ha llegado —es Gaby.

—Gaby, por favor, llámelo a su casa, es urgente —insisto.

—¿Necesitas algo, Emilia?

—Estoy bien. Sólo tengo que hablar con él, por favor.

Gaby corta y a los pocos minutos suena mi celular. Es el doctor Canales.

—¿Pasa algo, Emilia?

—Creo que puedo identificar a los asesinos de Hugo.

—¿Está segura?

—Sí, lo estoy.

—Tendremos que llamar a Investigaciones. ¿Puede venir lo antes posible a Las Flores? Quiero que dé su testimonio conmigo.

Me visto sin hacer ruido para no despertar a Tommy. Mamá también duerme, es probable que aún esté tomando somníferos. Miro en Google maps la forma de llegar a Las Flores. Tardaré más de una hora.

Cuando estoy a punto de salir, escucho la voz de Tommy:

—¿Dónde vas, Emi?

Me siento al borde de la cama y rastrillo su pelo hacia atrás y luego hacia adelante. Él ronronea.

—Tengo algo importante que hacer —le digo.

—¿Muy importante?

—Muy.

—Bueno, entonces más vale que la fuerza esté contigo —dice, y se da vuelta en la cama, sonriendo.

—Cuando mamá despierte, dile que salí con una amiga del colegio, no te va a creer, pero no importa —le pido desde la puerta.

Ya en la calle, marco el Número Fantasma con la esperanza de que Gabriel aparezca al otro lado de la línea y me diga que todo estará bien.

En mi mochila llevo mi cámara, mi cuaderno rojo y mi gnomo.

Me subo a una micro rumbo a Plaza Italia. A pesar del ruido de la carrocería que se bambolea, hay una quietud apagada. Pareciera que antes de empezar el día ya todos estuvieran cansados. En el reflejo de la ventanilla alcanzo a ver mi camiseta negra con la fórmula de Einstein. Es Gabriel que va conmigo. A medida que me alejo de casa, todo se hace más irreal. Tengo la impresión de estar mirando una película cuya protagonista es una chica que se asemeja a mí, pero que no soy yo.

Es esa distancia la que me permite, después de un largo viaje, llegar al muro de Las Flores. Su familiaridad me reconforta.

Escoltada por Gaby entro a la oficina del director. El doctor Canales me presenta al inspector Cabezas y a la inspectora Ventura, una dibujante forense. Suena como un acertijo: ¿Será la inspectora Ventura quien traerá la dicha a nuestras Cabezas? Tiene un moño canoso arriba de la coronilla que hace pensar en un nido de pájaros.

Les cuento de los tres tipos con quienes nos topamos esa noche. Estoy segura de que, minutos antes de darse de bruces con nosotros, dejaron a Gogo muriéndose en el callejón, estoy segura de que son ellos quienes lo apalearon y torturaron. Cuando terminan las preguntas, la inspectora Ventura me pide que describa a cada uno en detalle mientras ella los dibuja.

Insisten en que no debo comentar lo que está ocurriendo más que con mi familia. No saben si Gogo tenía alguna relación con sus asesinos y cuánto sabían ellos de él. Tampoco saben si nos vieron juntos. Mientras no los apresen, no debo salir sola.

Antes de partir, le pregunto al doctor Canales por Clara y Domi.

—Es probable que Clara salga muy pronto.

—¿Y Domi?

Lo veo vacilar.

—¿Qué?

—Tuvo un nuevo ataque de ira.

Guardo silencio. Domi, Domi.

—Las dos siempre preguntan por usted.

Un pensamiento me ilumina: cuando encuentren a los asesinos de Gogo, la noticia saldrá en la prensa y, por fuerza, ellas tendrán que enterarse. También Gabriel. Entonces todos estaremos conectados por un hilo invisible. El de un sentimiento de victoria sobre ellos.

Estamos comiendo mandarinas después de cenar, cuando el tío Nicolás aparece por la casa. Me abraza fuerte, luego toma mi rostro con sus manotas y me da un beso en cada mejilla. Es obvio que mamá lo ha puesto al tanto de todo.

—Estoy muy orgulloso de ti —me dice con los ojos humedecidos, y vuelve a abrazarme. Es un tipo sentimental.

Mamá le pregunta si quiere que le caliente algo para comer, pero él, con una expresión seria, señala que primero tiene algo importante que contarnos.

—Emi, quiero que oigas bien lo que voy a decirte.

Hasta Tommy calla para escucharlo. Yo asiento con un dejo de preocupación.

—Tranquila —me dice al notar mi inquietud—. Son buenas noticias. A primera hora esta mañana me puse en contacto con la empresa que fabrica motores para aviones, Pratt & Whitney, los mismos que le dieron el motor a Linda Finch para que volara el Electra. Pensé que era la mejor forma de llegar a ella.

—¿En serio? —pregunto ansiosa, y me levanto en busca de otra mandarina.

—Siéntate y escúchame, Emi —me reprende el tío Nicolás. Vuelvo a sentarme y cojo un trocito de pan para desmigajarlo.

—Logré hablar con el mismísimo técnico que hizo la adaptación. Se llama Gilbert Lindbergh.

—Como Charles Lindbergh, el aviador —dice Tommy.

—Exacto. Bueno, él me contó que la señora Finch recompuso un nuevo Electra, pero que aún no lo ha volado. Al parecer, tampoco tiene intenciones de hacerlo. Me dio sus señas y hablé con ella por Skype.

—¿Quéee? —Sus palabras me recuerdan esas fábulas que nos contaba papá y que siempre terminaban —como todas las fábulas— con un mensaje para que fuéramos mejores personas, y que no sé por qué, despertaban en mí un Espíritu Rebelde Incontrolable.

—Sí. Hablé con ella. Te recordaba perfectamente. ¿No es increíble?

—¡Es que soy inolvidable! —digo.

—Le conté tu historia, el accidente y tu idea de hacer ese viaje que habías planeado con tu papá. Pero lo más importante, lo más importante, es que le hablé de Lemuria. Eso la entusiasmó. Es obvio que el viaje de Amelia ya lo hicieron ella y otros tantos, pero el de ustedes sería diferente. Quiere toda la información. Necesito que me pases el mapa de Gabriel para escanearlo. Mañana mismo se lo mando, Emi. Este viaje va. ¿Oíste?

—Sí —afirmo apenas.

Una nube negra cae sobre mi cabeza.

Mamá, Tommy y el tío Nicolás continúan hablando entusiasmados, pero yo ya no estoy ahí.

¿Cómo voy a decirles que no puedo volar?

El asunto de los asesinos de Gogo nos tiene a todos con los nervios de punta. En cualquier momento los encuentran, y por eso la tele, en su rincón de la sala, ha estado todo el día encendida.

Esta mañana, para distraernos, con mamá y Tommy intentamos revivir el jardín. Mamá sacó del garaje las oxidadas herramientas de papá y estuvimos picando terrones, sacando hierbajos, regando la tierra reseca. Mientras trabajábamos, no pude dejar de pensar en nuestra Lemuria, en el torso desnudo de Gabriel levantando la picota y su pequeño tatuaje brillando con la luz.

No es mucho lo que logramos. Al contrario, yo diría que el desastre que dejamos en el jardín es peor que el de antes. Pero al menos nos mantuvimos ocupados.

Después de almuerzo, un curador de un museo de Massachusetts viene a ver las cerámicas de mamá. Tommy vuelve al jardín a mirar bichos, y yo me encierro en mi cuarto.

Con los ojos fijos en la ventana sin nubes, intento ordenar mis pensamientos. Estoy en esto, es decir en Nada, cuando me llama el tío Nicolás.

—Escúchame bien, Emi. Esta mañana le mandé a la señora Finch el mapa por mail. Acaba de responderme.

—¿En serio? ¿Tan pronto?

—Sí. Está increíblemente entusiasmada. Pero dice que tiene que estudiar mejor lo de Lemuria. Les va a entregar el mapa a unos expertos en cartografía para que lo analicen. De resultar todo bien, ella pondría a tu disposición su Electra. Estaba esperando la oportunidad de usarlo, pero al final se dedicó a otra cosa. Hoy es dueña de uno de los centros más importantes de Estados Unidos para adelgazar. ¿Y sabes cómo se llama su método? Earhart Healthy Weight Loss.

—No sé qué le parecería a Amelia, no creo que muy bien, pero en fin —digo.

—Seguro que le parecería pésimo —ríe—. Lo importante es que está dispuesta a pasarte su avión. ¿Te das cuenta de que es todo casi mágico? Aunque sé que tu papá y tú odiaban esa palabra.

—Es cierto —replico.

Mágico es la palabra más sosa que existe en el diccionario, antes de «lúdico» y después de «aurora».

Después de cortar, apenas me puedo mantener quieta de excitación. Doy vueltas a uno y otro lado en mi cuarto dando puñetazos al aire.

Busco en Wikipedia el Electra L10 de Linda Finch. ¡Es exactamente igual al de Amelia Earhart!

Cuando esto salga a la luz, Gabriel sabrá que estoy con él, que no he abandonado nuestro sueño. Mi felicidad no dura más de un par de minutos. Me detengo en seco. El tío Nicolás, la señora Finch, mamá, Tommy, todos imaginando algo que no sucederá. A menos que lo intente. A menos que logre subirme a ese puto avión y lo haga andar. Tengo que hacerlo. Tengo que hacerlo por Gabriel.

Sigilosa, bajo las escaleras, y mientras mamá conversa con el curador en la sala, cierro la puerta de un empujoncito y salgo a la calle. Llevo el gnomo en uno de mis bolsillos. También llevo mi cámara y las llaves para echar a andar al Señor Especial.

Cuando voy sentada en la micro, en mi FB aparece un mensaje de Domi. ¿Cómo lo hace? Seguro amenazó a un auxiliar con un cuchillo de plástico o le ofreció mostrarle las tetas. Todo es posible con ella.

Ya ves. Aquí estoy otra vez. No te vas a deshacer de mí tan fácilmente. Acuérdate de la sigla mágica: FDS. No, en serio, eres lo mejor. Y es hora de que lo vayas sabiendo. Ok? Capaz que en una de éstas yo también me decida a salir de esta pocilga. Seguro sería una cantante fantástica. Clara me escribiría las letras. La Britney Spears chilena. Qué tal? You never know who you are inspiring. No era ésa una de las frases memorables de Hugo? Estuve unos días en la sala de reclusión, para entretenerme un poco, esto es taaaan aburrido!!!!! Jajajaja Encontraste a Gabriel? Me preocupa. Eres lo mejor. Ya te dije eso. Byeeeeeeeeee.

Nos veo a todos Afuera y sanos. Gabriel, Clara, Domi y yo. En tanto, la micro ya está frente a las puertas del Aeródromo de Tobalaba. Nada más entrar, frente a la torre de control, me topo con un par de pilotos conocidos de papá. Palidecen como si ante ellos hubiera aparecido Albus Dumbledore. Se turban y se atropellan para saludarme. Soy yo quien les digo que todo está bien, que no se preocupen, que tengo una cita con Maximiliano, lo que claro, no es verdad, pero resulta la forma perfecta de deshacernos los unos de los otros.

Desde el acceso al hangar alcanzo a ver a lo lejos, a un costado de la pista, el espino de flores amarillas donde está la placa de papá. Echo a caminar hacia allá, pero me detengo. Hoy no puedo permitir que los recuerdos me inmovilicen como lo han hecho hasta ahora.

Ahí está, en el mismo rincón de la última vez. Es paradójico que todos los aviones se miren entre sí, menos el Señor Especial que mira hacia la pared. Como si tuviera vergüenza. Su color rojo se ve cada vez más desvaído por las capas de polvo que se acumulan unas sobre otras. Hago tintinear las llaves en mi mano. Los conocidos de papá y un técnico con el overol manchado de aceite han entrado en el hangar. Desde la distancia me arrojan miradas compasivas. Sus presencias hacen más difícil aún mi misión. Pero ¿cuál es mi misión?

Subirme al Señor Especial y hacerlo andar. Eso.

Uno de ellos se sube a un Cessna 182. El ruido del motor resuena en el hangar metálico. Los otros dos hombres lo guían con señas. Es probable que lo estén trasladando hasta el hangar de mantenimiento. Mi respiración se ha hecho insoportablemente rápida. El aire no parece ser suficiente para llenar mis pulmones. Apoyo la espalda en mi avión e intento respirar. Uno, dos, uno, dos, como hacía la tía Leti. ¿Quién hubiera pensado que iba a terminar usando sus técnicas de «aprendices de iluminados»?

Me quedo así, quieta, hasta que los tres hombres desaparecen.

No sé cómo he llegado hasta aquí. Estoy sentada en la cabina, pero mis articulaciones duelen. El corazón, la cabeza. Todo duele. Las palancas de control sobresalen como dos cuernos prontos a atacar. Los instrumentos apagados con sus agujas me hacen pensar en insectos muertos. En esferas muertas. En cielos muertos. En destrucción y pérdida.

Papá, perdóname, balbuceo, y llorando me bajo del Pitts Special como si escapara de las llamas de un incendio.

* * *

Cuando llego a casa, mamá me espera en estado de neurastenia. Me grita que soy una irresponsable, mientras Tommy, debajo de la escalera, observa la escena con los ojos bien abiertos.

Por un momento pienso que mamá va a pegarme. Abre y cierra la boca al punto que alcanzo a ver sus dientes parchados. Ha llamado a todo el mundo: a la policía, al doctor Canales, al tío Nicolás. Ahora todos me buscan y todos creen que algo no sigue del todo bien en mi cabeza. Sé que no debería haber salido después de la prohibición del inspector, menos sin decirle a mamá a dónde iba.

Le ofrezco disculpas, pero sé que no suenan convincentes. Subo a mi cuarto y cierro la puerta. Una vez más he hecho todo mal.

Hoy por la mañana el inspector Cabezas me trajo a casa una serie de fotografías de los asesinos de Gogo. Me pidió que las mirara con atención. Ahí estaban. Sus rostros me hicieron recular. Sentí náuseas.

Primero identificaron a uno, en un bar de Bellavista. Y luego, en un partido de futbol de su barrio, terminaron de identificar a los otros dos. Uno de ellos trabaja en un supermercado y los otros dos están desempleados. La PDI los tenía bajo vigilancia y sólo aguardaba a que yo los identificara para arrestarlos. «El país entero ha estado esperando que se haga justicia con el crimen de su amigo, Emilia», me dijo el inspector, y de pronto todo el peso de la vida y de la muerte cayó sobre mí. Ahora ellos recibirán su sentencia, ojalá cárcel de por vida, pero Gogo seguirá muerto.

Por la noche, mamá, Tommy y yo vemos juntos las noticias apiñados en el sofá de la sala. Tommy, sentado entre las dos, no para de hablar. El noticiero abre con las fotos de los tres inculpados, las mismas que me enseñó el inspector Cabezas esta mañana. No especifican cómo llegaron a ellos. Tampoco mencionan la existencia de un testigo. Así acordaron hacerlo con el fin de protegerme. Hablan sus amigos y parientes. Una vecina cuenta que el más joven, de dieciséis años, es muy callado, un «buen chico», dice. Una señora llora a gritos.

Un grupo de colegiales se pelea por aparecer ante las cámaras. Muestran fotos de los asesinos en su primer día de clases, su primera comunión, una fiesta de cumpleaños. Es difícil imaginar que esos chicos, en quienes la adolescencia no ha desaparecido del todo, hayan asesinado a Gogo. Me pregunto qué habrá pasado por sus cabezas cuando quebraban sus huesos, cuando pateaban su cara hasta deformársela, cuando con una botella rota cercenaron su piel. Me dan ganas de llorar, pero me contengo. Recuerdo lo que nos contó Gabriel de ese señor judío del campo de concentración: cuando las personas pierden su humanidad, mueren. Eso es lo que quiero para ellos. Que se mueran. Que se mueran una y otra vez.

—Si no fuera por ti, estos asesinos todavía andarían sueltos —me dice mamá, pasando su mano por encima de Tommy para tomar la mía.

A pesar de que la tristeza por la partida de Gogo no ha menguado ni un ápice, un sentimiento de triunfo se apodera de mí.

Imagino a Gabriel en algún lugar viendo estas mismas escenas, imagino sus sentimientos, que son también los míos, el salto en su corazón, su rabia, su tristeza, su alivio. El dolor compartido y el triunfo sobre el mal nos unen como pocos seres humanos logran estarlo a lo largo de sus vidas.

Cuando las noticias están a punto de terminar, llega el tío Nicolás. Viene resoplando. Se abalanza sobre mí y me abraza.

—Emilia, Emilia, ¿te das cuenta de lo que hiciste?

Mamá y Tommy se unen a nosotros. Somos un revoltijo de brazos. En medio del alboroto escucho al tío Nicolás que dice:

—No sólo eres la piloto más joven de este país, Emi, sino además la mejor detective.

Sé que piensa en papá, y que quisiera decirme lo orgulloso que estaría de mí. Pero no lo dice y yo se lo agradezco en silencio.

Si tan sólo supiera.

Trae una pizza para celebrar. Nos instalamos en la cocina, mientras mamá prepara una ensalada para Contrarrestar El Efecto Mortífero De La Chatarra. Hemos olvidado apagar la tele, y desde la sala escuchamos un coro de bebés anunciando una nueva marca de pañales.

Me despierto y marco el Número Fantasma.

—Buenos días, mi nombre es Olga. ¿En qué puedo ayudarle? —me responde una señorita.

Me quedo pasmada. Luego, casi gritando digo:

—Sí, claro que me puede ayudar, ¿me puede decir quién es usted?

—Ya le dije, mi nombre es Olga, ¿en qué puedo ayudarla?

—¿Estoy llamando a una empresa?

—Entel, para servirle.

¡¡¡¡¡No puedo creerlo!!!!!!

Todos estos días he estado esperando una puta llamada de una vendedora para enchufarme un nuevo y fabuloso e imbatible y mentiroso plan para mi teléfono celular. Me embarga un profundo cansancio.

Lo cierto es que ya no tengo fuerzas para seguir peleando, para seguir buscando a Gabriel. Quizá él y yo no estamos destinados el uno para el otro. Tal vez lo que pasó, pasó, y ya está. Ahora cada uno tiene que continuar su camino. Han transcurrido veintinueve días, ocho horas y veintidós minutos desde que desapareció, y él no ha hecho nada por encontrarme. Nada.

Me quito la camiseta de Einstein y la tiro al cesto de la ropa sucia del baño. He vivido con ella día y noche, y ya comenzaba a oler a perro muerto.

Por eso, cuando echada en mi cama contesto el celular y oigo la voz desanimada del tío Nicolás, no me sorprende en absoluto.

—Emi, no te tengo muy buenas noticias —me dice.

Sus palabras son parte de este final no feliz, el final de esta historia que podría haber sido la Gran Historia de un Gran Amor, pero que no lo fue.

—Dime —señalo con una calma casi espectral.

—Hablé con la asistente de la señora Finch. Sus asesores decidieron que la existencia de Lemuria es altamente improbable.

—Sus conclusiones no tienen nada de nuevo —profiero con la misma calma—. Son las mismas a las que llegaron científicos anteriores siguiendo las teorías de la tectónica de placas y la deriva continental —mi tono de tan frío llega a ser ridículo.

—Estás bien informada —advierte el tío Nicolás.

—Gabriel me lo explicó. Para eso está su algoritmo que asegura la existencia de Lemuria.

Sigo argumentado, pero cada vez con menos convicción. Ambos sabemos que Gabriel ha desaparecido y que yo no tengo ese algoritmo. La realidad es que el proyecto se ha ido a la mierda y no hay nada que podamos hacer para remediarlo.

—Buscaremos otros caminos, Emi —dice el tío Nicolás, pero puedo percibir el escepticismo y la derrota en su voz.

Es natural que frente al veredicto de Los Expertos él también pierda la fe. ¿Qué peso tiene la voz de un par de pendejos recién salidos de una clínica para perturbados mentales frente a la de ellos?

Cuando cortamos me quedo inmóvil observando las polillas en el techo. La pérdida del viaje en sí no es lo que más me duele, lo que de verdad me desarma es que, a pesar de que soy incapaz de subirme a un avión, en algún lugar de mi ser imaginaba que ésta era la única oportunidad que tenía de encontrar a Gabriel. Ésa es la gracia de las ilusiones, por muy descabelladas que sean, te dan fuerza para seguir. Sin Gabriel no hay forma de demostrar la existencia de Lemuria. Y sin Lemuria el viaje no tiene sentido. Ni para mí, ni para nadie. Eso lo dejó en claro la señora Finch.

Me meto a la ducha. El agua hirviendo me golpea la piel. El vapor inunda el cubículo hasta que todo vestigio de realidad desaparece.

—El tío Nicolás me contó lo de la señora Finch —dice mamá, mientras los tres tomamos el desayuno en la cocina—. Necesitamos esos cálculos de Gabriel.

—Lo sé, lo sé. Pero qué quieres que haga. He buscado a Gabriel por todas partes. ¿Qué crees que he hecho todo este tiempo? Me dio su teléfono y está cortado, me dio su email y no funciona, llamé a las clínicas y nadie quiere decirme nada, fui a los pocos lugares que él mencionó cuando estaba en Las Flores y nadie sabe de él, lo he buscado en todos los buscadores posibles en la web y no existe, no existe… —digo a punto de ponerme a llorar.

Mamá me acaricia la cabeza.

Tommy mira por la ventana al perro del vecino que se ha echado debajo del columpio. Es un viejo golden retriever que suele jugar con él.

—El otro día vi en Youtube un documental donde hablaban de Lemuria —dice de pronto Tommy—. Un geólogo inglés encontró restos de una especie de lemur prehistórico muy rara, en la India y en el sur de África. Según él, la única explicación para esto es que Asia y África estaban unidas por un continente que se hundió. Lemuria.

—El lemur es como un gato con cara de mapache, ¿no? —pregunta mamá.

—Sí, pero éstos eran una especie prehistórica, mamá. Lo que tú no entiendes —dice en su tono de pendejo enojado—, es TODO lo que pueden decir unos míseros huesos enterrados.

—¿Enterrados, dices? —lo interrumpo excitada.

—Sí, enterrados. ¿Por qué?

—¡Enterrados, claro, claro, enterrados en Lemuria! —exclamo casi gritando. Me levanto de mi silla y abrazo a Tommy.

Si Gabriel me dejó algo antes de que lo sacaran a la fuerza de Las Flores, ese «algo» está enterrado en Lemuria. Es una idea descabellada, pero vale la pena intentarlo.

—¿Podrías explicarnos? —me pide mamá.

—Hay que llamar al tío Nicolás. Tenemos algo muy importante que hacer —digo, al tiempo que saco mi celular y marco su número.

—¿Tenemos? —pregunta entusiasmado Tommy.

—Sí. Tenemos.

El tío Nicolás tiene una reunión a las once en su agencia, pero me dice que si es tan importante para mí, la va a cambiar para más tarde.

Mientras lo aguardamos, les cuento a mamá y a Tommy de ese pedazo de tierra seca que Gabriel intentó —sin mucho éxito— volver fértil. Nuestra Lemuria. También les cuento de mi certeza de que es ahí donde me dejó algo que me llevará a él.

Cuando escuchamos la bocina de la camioneta del tío Nicolás, Tommy corre escaleras arriba y aparece al cabo de un par de minutos con el gorrito de Sherlock Holmes que le trajo papá de uno de sus viajes. También trae colgada al cuello una linterna gigante que se suponía usarían juntos en una expedición que nunca hicieron. Ni mamá ni yo hacemos comentarios, aunque ganas de echarnos a reír no nos faltan.

Saco una pala del garaje y todos salimos a la calle. Por la noche cayeron algunas gotas de lluvia y hoy es un día limpio y húmedo, lleno de nubes surcadas por barras de luz.

Abrazo fuerte al tío Nicolás y le doy un beso. No es una misión fácil la que nos aguarda. Si el director o cualquiera de sus hienas se enteran del verdadero objetivo de nuestra visita, no nos permitirán siquiera poner un pie en Las Flores. En el camino ideamos una estrategia para lograr salir al jardín y cavar Lemuria.

La historia que nos proponemos contar es la siguiente: yo misma, a los pocos días de llegar, enterré una carta que me envió mi adorado hermanito Tommy. Una costumbre un poco perruna de nuestra familia ésa de enterrar cosas, pero así es. El problema es que antes de irme la olvidé, y ahora quiero recuperarla. En este punto explico lo mucho que esa carta significa para mí y cómo mi futura salud mental depende de ella, al tiempo que Tommy me hace unos arrumacos de hermanito freak y barbero. El tío Nicolás nos recomienda, para acrecentar nuestra credibilidad, mostrarnos acongojados, no ansiosos ni impacientes. Sobre todo, evitar las exageraciones y el exceso de explicaciones en pos de una versión sucinta y clara. Según él, una forma de detectar que alguien está mintiendo es cuando se esmera en otorgar detalles innecesarios a la versión de los hechos que intenta describir.

Llegamos a Las Flores a la hora en que todos están en sus sesiones de terapia. Es un momento bueno y malo a la vez. La única persona que podría sacarnos de aprietos, si es que los tenemos, sería el doctor Canales. De vernos con una pala, sabría que nuestro verdadero cometido es hallar esa nota de la cual tanto hablamos en nuestras sesiones, y que estoy segura Gabriel me dejó. No es imposible incluso que él mismo lo pensara mucho antes, y que me hiciera llegar a Lemuria por mis propios caminos.

Es mamá quien comienza a hablar en la recepción. Luego sigo yo. Una de las hienas, que conozco bien, está al mando. Tiene los ojos opacos, como dos piedras cubiertas de polvo. Nunca le gusté, o eso me parecía. En el instante preciso, Tommy se asoma tras mis espaldas, y con su apariencia de niño bueno y una voz lastimera dice:

—Yo le mandé esa carta a mi hermanita.

—Está bien —conviene la hiena—. Pero antes tengo que advertirle al director.

Tommy vuelve a mirarla con su expresión desolada, y la hiena, moviendo las manos para que desaparezcamos rápido, señala:

—Ya, entren. Y dejen todo tal cual. No quiero problemas. Emilia, usted conoce el camino.

Mamá toma mi mano, yo la estrecho, y echamos a andar. El tío Nicolás y Tommy nos secundan. Tommy con su ridículo sombrerito, la linterna colgada del cuello, y la pala al hombro, como si fuera un fusil. Caminamos por el pasillo, abrimos la puerta del fondo y salimos al jardín. Pienso en Domi y en Clara, y siento unas terribles ganas de verlas. Recuerdo nuestra última noche en este mismo lugar, ahora lleno de luz.

—Por aquí —digo, dirigiendo a la tropa a través de los senderos desiertos hacia Lemuria.

Junto a mamá, el tío Nicolás y Tommy, hago el camino que espero no recorrer nunca más, y este hecho me llega profundo, al punto que la emoción me aprieta la garganta. Por suerte la silla de Gogo aparece a unos metros, y Tommy echa a correr en esa dirección, gritando:

—¡Al abordaje!

Yo saco mi cámara de la mochila y le tomo una foto para Gabriel.

De encontrar algo, lo más probable es que esté bajo la silla. Con el tiempo, ha ido cambiando de lugar, lo que hace que nuestra superficie de exploración sea más o menos de tres metros cuadrados. Comenzamos nuestra labor por turnos. Mientras el tío Nicolás remueve la tierra con la pala, los demás buscamos entre las malezas y los hierbajos algún vestigio humano que se asemeje a nuestro botín. Encontramos una zapatilla, trozos de tela, colillas de cigarrillos, un par de cajas de fósforos, ¡una lata vacía de cerveza!, ¡un condón! y un calcetín. Pero de la carta que se supone Gabriel me dejó, nada. Volvemos a remover la tierra, pero es inútil. Mamá se acerca a mí y pasa su brazo por mi hombro.

—Tiene que estar en algún lugar, Emi. Piensa, piensa.

—Es lo único que he hecho todos estos días. Pensar. Y no me ha servido de nada.

Nos quedamos en silencio, Tommy ajustando su linterna quién sabe para qué, mamá suspirando sobre mi cabeza, el tío Nicolás cavando un poco más allá, y arriba, el cielo mirándonos, tan abatido como nosotros. Una brisa levanta la tela de la silla de Gogo. De pronto recuerdo la frase de la canción que Gabriel escribió en el muro:

With the beast inside there's nowhere we can hide

—¡Ya sé, ya sé, hay otro lugar! —exclamo.

Dicho esto, nuestro comando enfila hacia el fondo del jardín. Frente a las palabras de *Imagine Dragons*, Tommy se pone otra vez a cavar. No alcanza a dar más de cinco paladas cuando vemos una bolsa de plástico asomarse a la superficie.

—¡¡¡¡¡Yes!!!!!! —grita Tommy, y se pone a dar saltos.

Es una de las bolsas que nos daban para que pusiéramos nuestra ropa sucia. Intentando deshacer el nudo y movida por la impaciencia, termino rompiéndola. En el interior encuentro la libreta negra de Gabriel. Todos me miran. La abro con cautela. Nunca me la enseñó. Pero asumo que si la dejó aquí es porque quería que la encontrara. Nada más abrirla veo tres páginas sueltas dobladas en dos. Es un algoritmo. Y en el enunciado dice nada menos que «Lemuria». Se las enseño a mamá, a Tommy y al tío Nicolás.

—¡Ya verá esa descreída de Linda Finch! —exclama mamá, y nos palmoteamos las manos por turno.

—Hoy mismo voy a mostrarle el algoritmo a un amigo —dice el tío Nicolás—. Es un genio matemático. No quiero que la señora Finch después nos venga con que sus famosos expertos no lo entienden.

—Ahora es mejor que salgamos de aquí —señala el tío Nicolás.

—Pero antes debo hacer algo. ¿Me esperarían un segundo? —digo.

—¿Puedo ir contigo? —me pregunta Tommy.

—No. Es algo personal —me mira con esa expresión a la cual yo tampoco, después de todos estos años, soy inmune—. Ok. Ven conmigo y trae la pala —le indico, y echo a andar hacia Lemuria.

Cuando estamos frente a la silla de Gogo, saco mi cuaderno rojo de la mochila y arranco las hojas donde he capturado las Primeras Palabras de Amor. Están la de los libros del señor Isaac y unas cuantas que inventé cuando pensaba en Gabriel.

Hacemos un hoyo bajo la silla de Gogo, enrollamos las hojas, Tommy se saca un cordón de uno de sus zapatos para atarlas, y las enterramos. Al final aplanamos la tierra para no dejar vestigio de nuestro regalo. Nos miramos satisfechos y corremos hacia el lugar donde el tío Nicolás y mamá nos aguardan.

Atravesamos el jardín, el pasillo, y en la entrada nos despedimos de la hiena. Cruzamos las puertas de Las Flores, y con una expresión santurrona nos subimos en la camioneta del tío Nicolás.

Mientras surcamos las calles rumbo a casa en un estado de cuasi euforia, pienso en papá. ¿Cómo podemos estar tan felices si él no está con nosotros? Miro a mamá, a Tommy, al tío Nicolás, y sé que ellos también piensan en él. Entonces comprendo que seguir viviendo y sentirse feliz no es lo mismo que olvidar.

Apenas llegamos a casa, el tío Nicolás me pide el algoritmo. Hoy mismo se lo mostrará a su amigo, para mañana enviárselo a la señora Finch. Me dice que probablemente tendremos que aguardar un poco, pero que tenemos que confiar. Yo lo abrazo. Cuando ha partido, subo las escaleras y me encierro en mi cuarto a mirar la libreta de Gabriel. Entre sus cálculos, anotaciones, ecuaciones y mapas, busco alguna nota suya para mí. Doy vuelta las páginas una y otra vez, más cálculos, más mapas. Me desespero. De pronto veo mi nombre bajo el dibujo de un mapa. Son sólo cuatro palabras.

Emi, nos vemos pronto.

¿Tan sólo eso? ¿Emi, nos vemos pronto? ¿Dónde? ¿Cuándo?

No sé si echarme a llorar o a reír. ¿Todo esto para que me diga «nos vemos pronto»? No sé si su laconismo responde a un problema de su género o a uno suyo en particular. Pero definitivamente no es lo que esperaba. Sólo porque temo por él, y porque a pesar de su sequedad mi corazón latió desbocadamente cuando vi mi nombre en su libreta, no mando todo a la mierda.

Hace más de una semana que aguardamos noticias de la señora Finch. Me es difícil dormir, y durante el día vago por la casa como un zombi. Mamá y Tommy hacen como si no pasara nada, pero sé que están tan ansiosos como yo. Mientras echada en mi cama miro por la ventana, como lo he hecho más de la mitad de mi vida, oigo el timbrecito inconfundible de Messenger. Me reincorporo y lo abro. Es de Cecilia Dinsen. No puedo creerlo. Leo su nombre otra vez. Sí, es la prima de Gabriel. ¡El hada madrina!

Gabriel acaba de salir de una clínica. No tiene celular ni computadora ni ninguna forma de comunicarse contigo. Pero lo primero que pidió fue que yo lo fuera a ver, para que te escribiera. Recién ayer lo pude visitar. Apenas pudimos hablar. Lo único que le importa en el mundo es saber cómo estás. Me pidió que te dijera que te quiere y que se pondrá bien para ti. Eso me dijo. Sigamos en contacto.

Lo leo una y otra vez. Una y otra vez. Cada palabra. Quiero más. Quiero más de Gabriel, quiero saber cómo está, dónde está, qué siente, cuánto me quiere, cuándo lo voy a ver, cómo lo voy a ver. Le escribo a Cecilia y le pregunto todas esas cosas, atolondrada. Presiono el botón «enviar» y me quedo mirando la pantalla de mi celular. Aguardo.

Mañana lo veo otra vez. Hay que buscar una forma para que ustedes se encuentren. Te escribo apenas logre hablar con él. Quédate tranquila, él está bien.

No me quedo tranquila. No aguanto más los bombazos en mi corazón. En cualquier momento explota y deja un reguero de sangre.

El tío Nicolás llega por la tarde con buenas noticias. Está eu-
fórico. Dos matemáticos de Harvard estudiaron el algoritmo
de Gabriel y han dicho que es perfecto. ¡¡¡¡¡¡Perfecto!!!!!! Pareciera que hoy se han reunido todas las hadas y los hados, y los
duendes, y los chamanes esotéricos de la tía Leti en nuestra
casa. Después de conocer su veredicto, la señora Finch dice
estar encantada de poner su Electra a nuestra disposición para
que volemos hasta Lemuria.

El tío Nicolás ha traído dos botellas de champán para la
cena que se beben entre él y mamá. Al final están los dos un
poco borrachos. Tommy no para de rascarse la cabeza. Yo creo
que le da pudor ver a mamá con los cachetes colorados, una
sonrisa de tonta, como si no entendiera nada de lo que está
ocurriendo. El tío Nicolás da vueltas a uno y otro lado de la
cocina. Dice que éste será el evento más grande en la historia
de la aviación chilena. Lo dejo hablar, como hay que hacer
cuando los adultos han bebido de más, pero en una pausa que
hace, le digo que recuerde a Margot Duhalde, la chilena que
pilotó aviones de combate en la Segunda Guerra Mundial y
que fue nombrada miembro de la Legión de Honor Francesa;
y también a Graciela Cooper, quien, a los diecinueve años, re-
cibió su carné, volando un De Havilland Cirrus de 1930 con
un motor que apenas levantaba el avión. Pero el tío Nicolás

insiste, argumentando que esto no es sólo una hazaña aeronáutica. Iremos en busca de una respuesta a uno de los más grandes misterios de la humanidad.

—Mañana en la mañana la Federación Aérea de Chile va a emitir un comunicado de prensa. Y lo más probable es que todos los medios quieran entrevistarte, Emi. ¿Estás preparada?

—¿Prensa? —pregunto casi gritando.

—No basta con el Electra, Emi, necesitamos apoyo logístico y económico, y la única forma de obtenerlo es haciendo de esto un gran acontecimiento.

—Pero yo...

—No te preocupes —intenta calmarme el tío Nicolás—. En serio. Yo estaré contigo en todo.

Mamá, saliendo súbitamente de su estado sonámbulo, dice:

—No la presiones, Nico.

Discuten unos minutos, pero yo ya no los escucho. Sé que mamá piensa que el apremio puede arrojarme de vuelta a la oscuridad. Pero no. No lo hará.

—Está bien —digo.

Ambos me miran sorprendidos. También Tommy.

—Está bien —repito.

Anoche me escribió Cecilia. Gabriel está en una silla de ruedas. No me dice qué le ocurrió. Mañana lo visitará otra vez. Insiste en que se ve bien, que me quiere, que me quede tranquila. Pero no estoy tranquila. ¿Qué hiciste, Gabriel? ¿Qué hiciste? Siento rabia y tristeza. Más preguntas, una infinidad de preguntas. Necesito verlo. Todo está en manos de Cecilia ahora.

Estoy lavando las tazas del desayuno cuando el tío Nicolás llega a casa. Tiene el pelo revuelto, como si un gato hubiera estado jugando con su cabeza. Me cuenta que a las nueve de la mañana la Federación emitió el comunicado de prensa y desde entonces su teléfono no ha cesado de sonar. En un segundo, mamá y Tommy están en la cocina.

—Vamos a hacer las entrevistas por teléfono, Emi, así será más fácil para ti. Pero antes quiero que me escuches bien.

El tío Nicolás me pide entonces que no revele bajo ninguna circunstancia las coordenadas de Lemuria. Ése es un secreto que debemos guardar hasta el final. Si el lugar donde se encuentra Lemuria sale a la luz, ese mismo día una flota de la Armada de Estados Unidos va a estar ahí.

Las entrevistas son cortas y algunas dolorosas. Quieren saber de papá. Me preguntan si quiero seguir su camino con las acrobacias. Yo les digo que no. Me preguntan por Amelia. Por la señora Finch. Por su Electra. Por Lemuria. Mis respuestas son sucintas, balbuceantes. El tío Nicolás a mi lado asiente con una sonrisa y me anima, pero aun así sé que soy una pésima entrevistada. Al cabo de dos horas el show de las entrevistas se ha acabado. Lo cierto es que en lo único que pienso es en Gabriel.

Por la tarde cae un nuevo mensaje de Cecilia. Me dice que no pudo ver a Gabriel a solas. Que no pudieron hablar. Que su madre estuvo todo el tiempo encima de ellos. La madre sospecha que fue Cecilia quien ayudó a Gabriel en nuestra fuga. Me pide que tenga paciencia. Pero no tengo paciencia, además estoy exhausta. El tío Nicolás me anuncia que tenemos que estar en los estudios de TVN a las nueve de la noche. Pienso en las cámaras apuntándome como metralletas y tengo un cuasiataque de pánico. Pero ya no hay vuelta atrás.

Mamá y Tommy también quieren venir. Por suerte el tío Nicolás les dice que se vería un poco ridículo que la familia llegara en bola al estudio de televisión.

Apenas entramos al canal, me hacen pasar a una salita diminuta donde me sientan frente a un espejo con un marco de luces. Una chica de pelo morado cubre con un pincel mis espinillas hasta casi hacer desaparecer mi nariz. Me pregunto si podrá hacer lo mismo con mis orejas. Luego, me dibuja unos ojos que me recuerdan a los de las heroínas de los animé. Ahora, otra chica, con unos audífonos gigantes y unas macizas botas, me guía a través de un pasillo hasta el estudio y me sienta frente al presentador. Alguien comienza a contar: 10, 9, 8, 7… y de pronto, una cámara me está apuntando. Recuerdo esas tardes cuando papá se empecinaba en mostrarnos sus antiguos DVD en la pantalla de la tele. Hay uno en particular donde aparecen él, mamá y yo: una niña de tres años que corre de un lado a otro en un muelle de madera, el mar grisáceo a nuestras espaldas, mientras el viento levanta el vestido ligero de mamá. Mamá mira a la cámara, sube los brazos como una bailarina, y su boca se abre y se cierra, se abre y se cierra. Sin sonido. De igual forma ahora muevo la boca. Tal vez respondo las preguntas que me hace el presentador, tal vez no. No lo sé. Todo ocurre en cámara lenta, pero al mismo tiempo, a una velocidad que me impide atrapar el momento, las palabras, las luces que mutan del blanco al amarillo, mientras la cámara, sujeta de un largo brazo mecánico, se desliza en el aire. Hasta que de repente todo se detiene y oigo al presentador:

—Es increíble todo lo que nos has contado, Emilia, ya estamos terminando, tenemos un par de segundos, no sé si quisieras agregar algo.

Todo vuelve a su lugar: el presentador, la chica de los audífonos, el set, el tío Nicolás en un rincón con los brazos cruzados y una expresión sonriente, y las palabras vienen a mí con una claridad asombrosa.

Sé exactamente lo que tengo que decir:

—Gabriel Lemuria, no olvides que tenemos Babel, no lo olvides, no lo olvides. ¿Oíste?

El tiempo se ha terminado y el presentador, con una expresión asombrada, sin poder ya preguntarme qué diablos he dicho, se despide de los televidentes, mientras yo me pongo a reír, pero sin reírme. Una risa interior que me inunda hasta los huesos.

Antes de llegar a casa, miro mi celular y descubro que el mensaje que le envié a Gabriel se ha vuelto viral. Todos se preguntan quién es Gabriel Lemuria y qué diablos es Babel.

A las doce treinta y cuatro minutos recibo un mensaje de Cecilia. Está todo arreglado. Nos encontraremos mañana en la Librería de Babel a las once. ¡¡¡¡Esto significa que mis palabras llegaron a Gabriel!!!! Me dice que ella ya habló con el señor Isaac. Yo debo llegar a las diez y media y esperarlo dentro del baño. La madre de Gabriel es alérgica al polvo, detesta las librerías de viejo y los esperará en el auto. Gabriel entrará con la excusa de adquirir un libro de Galileo Galilei. Tenemos poco tiempo, pero es nuestra oportunidad. Estará el chaperón. No se despega de él. Es quien se encarga de que Gabriel no haga nada que ponga en peligro su vida. Él no puede enterarse de nuestro encuentro. Tenemos que ser muy cuidadosos. Los padres de Gabriel lo amenazan todos los días con internarlo nuevamente si hace alguna estupidez.

Ya estoy frente a la Librería de Babel aguardando al señor Isaac. Mamá y Tommy querían venir conmigo. Evidentemente. Pero evidentemente me negué a hacerlos partícipes del momento más crucial de mi vida.

Cuando el señor Isaac aparece con su cansino paso de viejo por la esquina de Merced con Mosqueto, las manos comienzan a sudarme. Por fortuna él no hace ningún aspaviento al verme, y yo le ayudo a subir la cortina de metal como si fuera una labor que realizáramos juntos todas las mañanas. Las campanillas tintinean cuando cruzamos la puerta. Son las 10:28 am. Le pido al señor Isaac que me muestre el baño. Me guía entre las pilas de libros polvorientos y me dan ganas de estornudar. Es la misma puertecita desde donde hace exactamente veinte días, un siglo, él trajo la bandeja con nuestras tazas de té recién preparado. A través de un ventanuco se cuela un mísero rayo de luz que debe provenir de un patio interior. En un rincón está la cocinilla donde el señor Isaac prepara el té. La tapa del escusado está cubierta por una de esas fundas añosas que solían tener las abuelitas en la época de las abuelitas. Hay aroma a lavanda artificial. El baño es diminuto. No estoy segura de que Gabriel pueda entrar con su silla de ruedas. Es algo que ni Cecilia ni yo consideramos. ¿Qué haremos entonces?

—Bueno, aquí estamos. Ahora no queda más que esperar —dice el señor Isaac.

El señor Isaac parece tan nervioso como yo. Se frota las manos y empieza a cambiar libros de un lado para otro, acumulándolos en torres que a cada suspiro suyo amenazan con venirse abajo. Nadie ha entrado a la librería. Salgo un momento a la calle. Necesito respirar aire sin polvo. Y luego entro. Faltan cinco minutos para las once, hora de ocultarme. Me siento sobre el escusado y miro mi celular. Apenas puedo moverme.

Entra un mensaje de Domi en mi FB. Es simbólico que me escriba justo ahora.

Me dijeron las Catatónicas que habías salido en la tele y que estás guapísima. Como no entienden nada, no pudieron explicarme por qué estabas en la tele, jajajajaja. Algo con un avión. A Clara la dieron de alta. Sale el sábado. Te manda besos y besos. Ya ves. Sólo voy quedando yo. Pero ya estoy decidida. No más de esto. Nos vemos pronto. Bye, aviadora.

Oigo el ruido de la campanilla. Me paro de un salto y me golpeo la cabeza con el techo. Escucho voces. Sí, sí, sí, es Gabriel.

Apoyo al revés una de las tacitas de té contra la puerta. Es lo que hacen en las películas. Escucho la voz gruesa de un hombre. Debe ser el chaperón. También la de Cecilia. Qué daría por hacer un agujero en la puerta y mirar. Siguen hablando. Percibo un chirriar de ruedas que se acerca.

—Emilia —oigo la voz de Gabriel al otro lado.

Abro la puerta.

A pesar de que Cecilia me lo había advertido, y yo misma había intentado imaginarlo, verlo postrado en una silla me conmociona. Intento ocultar mi violenta emoción, pero sé que no lo logro.

—Lo siento, Emi —me dice.

No puedo evitar preguntarle.

—¿Qué hiciste? ¿Qué pasó? —la puerta del baño está entreabierta. No hay forma de que su silla logre entrar en este cuchitril. El chaperón hace amago de acercársenos, pero Cecilia lo detiene.

—Déjalos —le indica con voz firme.

—¿Qué hiciste? —le pregunto a Gabriel nuevamente, arrodillada frente a él.

Él permanece mirándome, sin decir palabra.

—Aquí estoy —murmuro.

—Lo sé.

Se lleva una mano al rostro y luego al mío. Siento la humedad de sus lágrimas en mis mejillas. Toca mis ojos. Lo abrazo. Me ciñe con fuerza. Oculto la cabeza en su hombro.

—Tengo tantas cosas que contarte —le susurro—. Tantas.

—Vamos a salir de ésta —me dice.

—Encontré tu libreta y el algoritmo.

—Sabía que la ibas a encontrar. La dejé ahí el mismo día que me fueron a buscar. La dejé para ti. No sabía dónde me llevaban, y temía que me la quitaran.

—Aquí está —le digo, la saco de mi bolso y se la entrego.

—¿Por qué lo hiciste? —insisto.

—Fue un accidente.

—¿Un accidente?

—Me llenaron de fármacos. Estaba como idiota. No sabía lo que hacía. Sólo me quebré un par de costillas y una pierna. Nada grave. Muy pronto estaré caminando. Te lo prometo.

—Debemos irnos, Gabriel —interrumpe Cecilia desde cierta distancia—. Tu mamá nos está esperando en el auto. Recuerda llevarte el libro de Galilei.

De repente veo en el rostro de Gabriel una nueva expresión. Se ilumina.

—¡Óscar, ven! —llama a su chaperón.

También le pide a don Isaac y a Cecilia que se acerquen, y cuando los tres están frente a nosotros dice:

—Cecilia, Óscar, don Isaac, quiero presentarles a Emi, mi novia.

Cecilia extiende la mano y me sonríe cómplice. Me gusta. Es de las nuestras.

—Bueno, ahora lo saben. Emi es la chica más espectacular del mundo y no voy a perderla otra vez. Así que voy a necesitar su ayuda. Para empezar, Ceci, voy a necesitar tu celular. Ya sabes que me han quitado todo, computadora, celular, todo.

Yo lo interrumpo.

—Y entonces ¿cómo te enteraste de mi llamado a Babel?

—Cecilia. Yo le había hablado de Lemuria, y cuando vio tu mensaje por todas partes, supo que era para mí.

Óscar nos observa con el ceño fruncido, en absoluto convencido de lo que estaba ocurriendo.

—Óscar, ya sé. Temes perder tu trabajo —le dice Gabriel, consciente de su actitud recelosa—. Bueno, te voy a decir algo, si no estás conmigo, lo vas a perder de todas formas. Así que mejor te pones de nuestro lado. Al menos yo podré abogar por tu inocencia.

—¿Y cuál es el plan? —pregunta Cecilia en un tono práctico.

—El plan es que necesito a Gabriel para poder aprender de nuevo a volar —interrumpo.

—¿Qué dices? —pregunta Gabriel.

—Vamos a ir juntos en busca de Lemuria. Y para hacerlo necesito volver a volar. Tan sólo la idea de subirme a un avión me produce náuseas. ¿Me ayudarás?

—Sí, claro —afirma en ese tono seguro, tan suyo, y que echaba tanto de menos. Estrecha fuerte mi mano que no se ha separado de la suya. Siento su emoción, y la de Cecilia, y la del señor Isaac que ha escuchado en silencio, también la de Óscar, que traga saliva como un condenado a muerte.

—Yo voy a estar ahí contigo, Emi. ¿Cuándo quieres empezar?

—¿Mañana?

—En el Aeródromo de Tobalaba a las diez. ¿Te parece?

Yo asiento con la cabeza.

—¿Pero y tus padres?

—Yo los haré entender. Como sea. Y si no entienden, me da lo mismo. Yo de todas formas voy a estar ahí. Emi, todo este tiempo me han tenido aislado, pero ahora es diferente. Ahora estoy afuera, en plena forma, y no estamos solos. Además, tenemos una misión que cumplir juntos. Todo saldrá bien, te lo juro. Ya verás.

—Yo que tú le creería —dice Cecilia de buen humor.

—Le creo —digo, y ciño fuerte la mano de Gabriel.

—Entre las dos lo subimos al avión.

—No nos faltará ayuda —agrego yo.

Una inédita alegría sube por mi estómago y explota en mi pecho.

—Ahora tenemos que irnos. Ah, casi lo olvidaba… —De su bolsillo Gabriel saca un papelito doblado—. Es para ti.

Me doy cuenta de que estoy temblando.

—Gabriel —digo entonces—, quisiera también que fuéramos juntos a la tumba de Gogo. Te he estado esperando para hacerlo.

—Y yo a ti —me dice, y me da un beso suave en los labios.

Los veo partir. El guardián empujando la silla de ruedas, Cecilia echándose la bolsa al hombro y Gabriel volteando la cabeza para decirme adiós con una sonrisa.

Al minuto suena la campanilla de mi celular. Es un WhatsApp desde el teléfono de Cecilia:

Mañana en el aeródromo, Emilia
Agostini. No lo olvides

Y tú no olvides llevar pícnic. Volar me
da hambre

#de acuerdo

Me despido del señor Isaac con un abrazo, salgo a la calle y camino hacia el Parque Forestal. Me hubiera gustado alcanzar a mencionarle a Gabriel que los más grandes matemáticos de Harvard vieron su algoritmo. Imagino su alegría, sus ojos interrogantes, su expresión incrédula y levemente irónica, y me dan ganas de correr a buscarlo, de abrazarlo en este mismo instante en su silla de ruedas.

Frente al Castillito, me siento en una banca bajo un árbol y abro su carta.

Emilia Agostini:

Sé que en Babel no vamos a tener mucho tiempo y sé que cuando me veas vas a pensar mil cosas, ninguna muy buena, y que te va dar miedo y tal vez te eches a llorar. Aunque, pensándolo bien, ése no es tu estilo.

Ya sabes que con los números puedo hacer cualquier cosa, pero el asunto de las palabras no me resulta tan fácil. Así que, por favor, léeme con compasión.

Cuando me sacaron de Las Flores me dio una rabia feroz. Me sentía como un animal cuando un puto cazador lo atrapa, y se lo vende al payaso de un circo.

Los meses que pasé junto a ti, Emi, junto a Gogo y Clara, fueron los más felices que he tenido nunca. Por primera vez en mi corta y aburrida vida encontré mi lugar, entre ustedes. Hasta los Catatónicos paseándose con la boca abierta y babeando me parecían simpáticos. Pero sobre todo tú, Emi. Nunca había sentido por alguien lo que siento por ti.

No quiero que pienses que mis padres son unos monstruos. Ellos han hecho lo que mejor han podido. Pero el problema es que les resulta imposible entender quién soy, qué quiero, qué busco, qué me importa, y qué no me importa. Para ellos, yo debería estar trabajando en Silicon Valley o asesorando al presidente de los Estados Unidos, con visa extensiva para toda la familia. Ellos no entienden lo que nosotros entendemos. Ya sabes, para la mayoría de la gente, lo real está aquí y lo fantástico allá, lo tangible aquí y lo imaginario allá. Sólo algunos, como nosotros, podemos ver uno y otro lados y entender que la realidad está conformada por los dos mundos. Ellos quisieran matar una parte de mí, o «sanarla» como les gusta decir a los doctores, y no se dan cuenta de que sin esa parte no soy nada. Tú me viste, Emi. Tú me viste completo. Y así me aceptaste.

Pero me he ido por las ramas. Lo que quería contarte es que cuando me sacaron de Las Flores me llevaron a casa, y un puto doctor me llenó de fármacos. Estuve durmiendo no sé cuántos días. Cuando desperté me dolía la cabeza y me sentía mareado. Mamá y papá dormían. Tomé mi bicicleta del garaje y salí. Necesitaba aire, necesitaba escapar, adonde fuera. Cerré los ojos, abrí los brazos y pedaleé. Hasta que me di contra un auto que no pudo esquivarme. Lo sé, es infinitamente ridículo, y cuando digo infinitamente, me refiero a un infinito verdaderamente infinito. Por favor, no te rías. Yo no tenía ninguna intención de morirme, sólo quería volar, como tú. Quería imaginarte.

Ya está, lo dije, Emilia Agostini. Ahora de verdad espero que no te estés riendo, ni siquiera sonriendo, al imaginarme «volando» en una bicicleta con los ojos cerrados. Espero también que me perdones. Antes de ayer me dieron de alta de la clínica y ahora comienzo la rehabilitación.

Te prometo que me pondré bien y saldremos juntos a volar, como dos vagabundos del aire.

Vuelvo a doblar su carta en cuatro, sin soltarla. Y así, con mi gnomo en una mano y su carta en la otra, echo a andar hacia Plaza Italia.

Recuerdo que de niña volvía del colegio saltando de bache en bache por las aceras de adoquines rotos. Mientras brincaba, imaginaba que yo era un avión que sobrevolaba la Tierra destruida por una bomba nuclear. Desde las alturas veía todo devastado, sólo el gris y la desolación de los adoquines. Un paraje en miniatura que imaginaba constituía el mundo entero, y del cual yo era la única sobreviviente. Pero cuando levantaba la vista y veía la inmensidad del cielo, todo cambiaba. El cielo me recordaba que el mundo era mucho más vasto que el de ese pequeño universo de la vereda, y que estaba ahí en lo alto, lleno de promesas y futuro para mí.

Algo similar siento ahora. Es como si todo lo que yo había considerado como verdadero e importante hasta este minuto hubiera sido tan solo un detalle de un gigantesco cuadro que nunca había visto, menos aún imaginado. Apresuro el paso, las calles se abren ante mí, también el cielo. Nuestro cielo.

LOS CIELOS

International Atlas

of

Clouds

and of

States of the Sky

F. W. Boter, Farnborough, Hants, April 14ᵗʰ 1929, 11 h 30, looking SW.

Cumulonimbus (Cumulonimbus incus). — Code number **L. 3.** — The typical anvil (EE) is completely formed; it is seen in elevation because the cumulonimbus is fairly far off, and it has the typical sheen. The cirrus mass shows a striated structure (SS) right down to the main cloud mass. In spite of its great thickness, as shown by the shadow it casts; the edges of the anvil are frayed out, showing a structure very different from the rounded cumulus forms at (CC).

Office National Météorologique, Paris, Aug. 12ᵉ 1925, 13 h. 03, looking S, altitude 27°.

Cumulus of fine weather (Cumulus humilis). — *Italic number* **L 1.** — The clouds are scattered and have a flat and deflated appearance even at the diurnal maximum of rapid development in the early afternoon. Their horizontal extension is greater than the vertical, as can be seen, directly in the clouds near the horizon, and indirectly in the clouds near the zenith, these flow a net area of shadow (O) or are even translucent (T) which shows that their thickness is not great. At (OO) the clouds are slightly rounded. Near the horizon the bases (BB) are clearly shown. The cloud (T) which has no horizontal base and whose edges are ragged is a fracture-cumuli.

G. A. Clarke, Aberdeen, July 1905. Looking SSE, altitude 3°

Layer of Stratus. Code number **L 5.** – The cloud is very low and appears to be very uniform, for the observer is too near to distinguish any wave structure at the high elevation at which the cloud is seen. The cloud descends onto the hill at (G) and hides the top. Shreds of cloud (fractostratus) sweep along the hillside at (F).

C. A. Clarke, Aberdeen, Feb. 27th 1907, 14 h. 9', looking SW, altitude 2°.

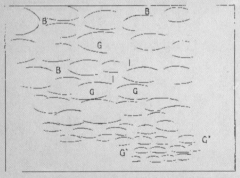

Layer of Stratocumulus (Stratocumulus translucidus). — Cumulo-stratus. L 5. — The cloud elements (GG) have a globular shape, intermediate between a sphere and a flat slice; they form a fairly regular layer. They have dark shadows and therefore are fairly thick, but in the openings the layer is much thinner and very light, sometimes there are even some rifts and blue sky appears (BB). On the horizon (G'G') perspective produces a compression of effect due to the alignment of the cloud elements, which are then shown to have a rather regular arrangement.

Office National Météorologique Paris. Sept. 12ᵗʰ 1915, 8 h. looking ENE.

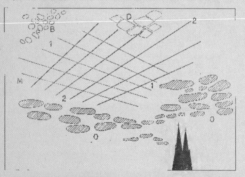

Sheet of Altocumulus at one level (*Altocumulus translucidus*). — code number **M 3.**

A regular layer with a structure in two directions (1 and 2). The cloud elements are rather soft, especially at (M); they are in general laterally rounded masses with forms intermediate between a sphere (B) and a slab (D). Between them are intervals where the blue sky appears.   Although some parts (OO) of the layer are rather heavily shaded, its thickness is medium and fairly uniform.

Pl. 33

M. Leird, Jersey, Sept. 20ᵗʰ 1898.

Delicate Cirrus, not increasing in amount, extensive sheet but not forming a continuous layer (Cirrus filosus). — Code number H 2. Cirrus composed of irregularly arranged filaments, scattered in various directions; they may run into thin threads, they may be arranged in sheets or bands, and have no tendency to fuse together into cloud-masses. They are fairly abundant, but do not increase in amount in any particular direction.

L 4a

F.W. Baker.

Stratocumulus formed by extension from Cumulus (Stratocumulus vesperalis. —
Melting away of the tops and spreading out of the bases). — Code number **L 4.** — The time is that
of the end of the diurnal formation of cumulus. The clouds, in the course of disappearing, are almost completely
flattened, and resemble lines of stratus (**AA**), dark against the setting sun (**S**). At (**CC**) some traces of rounded
cumulus can still be seen.

GRACIAS

Gracias a Micaela y Sebastián, mis hijos, por acompañarme en estos viajes intergalácticos y luego traerme sana y salva a tierra.

A mi padre y a mi madre que alentaron mis diferencias.

A mis amigas Jacki y Cuca (QEPD), por jamás haberme pedido explicaciones cada vez que Batman y Robin no llegaban a nuestras citas.

A Andrea Viu, por sus consejos y su minuciosa edición.

A Isabel Siklodi, mi primera lectora.

A Andrés Ganderoff, que con su genialidad hizo posible la existencia de Lemuria.

A Cristóbal Pera, por su ojo implacable para las inconsistencias.

A Sebastián Edwards, por regalarme el primer libro de Amelia Earhart.

A Valerie Miles, directora de la revista *Granta* y aviadora de las letras, por presentarme *El Atlas Internacional de Las Nubes*.

Al equipo de Penguin Random House por su compromiso.

Y muy especialmente mis agradecimientos a La Fundación Bogliasco por ese mes en el cielo y en cuyos jardines me paseé buscando la forma de ayudar a Emilia a encontrar a Gabriel.

ÍNDICE

Llévame al cielo de Carla Guelfenbein
se terminó de imprimir en julio de 2018
en los talleres de
Impresora Tauro S.A. de C.V.
Av. Plutarco Elías Calles 396, col. Los Reyes,
Ciudad de México